九十八歳
現役会社会長

海軍技術大尉
中嶋俊雄の記録

中嶋俊雄 著

ふたば書房

九十八歳 現役会社会長
海軍技術大尉 中嶋俊雄の記録

九十八歳 現役会社会長
海軍技術大尉 中嶋俊雄の記録

第一章　太平洋戦争……5
Ⅰ　海軍技術士官募集
Ⅱ　舞鶴海軍工廠
第二章　経営……103

第三章　家族……135
Ⅰ　戦前の暮らしと家族
Ⅱ　戦後と家族
あとがき……158

第一章　太平洋戦争

第一章　太平洋戦争

Ⅰ　海軍技術士官募集

繰り上げ卒業

昭和一六年――。

私は福井高専（福井高等工業学校、現在の福井大学）機械科の三回生、来春卒業予定の二一歳になっていた。

夏休みの間は実家のある京都に帰省していたが、その年、昭和一六年の秋、九月になったので福井に戻って学校へ登校した。

久しぶりに再会する級友たちと、いつものように他愛のない話をしていたのが、始業時間になり、教室に教師が入って来たとたん、教室の雰囲気は一変した。

教師からいきなり、

「おまえたちは、この一二月で繰り上げ卒業することになった」

と告げられたのだ。教室じゅうがざわついた。

当時の日本は、昭和六年の満州事変に続いて、昭和一二年の支那事変、日中戦争の開戦で、戦時体制下にあったが、この年（昭和一六年）一二月八日、いよいよ英米に宣戦布告し、いわゆる太平洋戦争に突入することになる。戦局は差し迫り、風雲急を告げていた。もう学校でのんびりと学生に機械工学を教えている暇はない。戦場で即・戦力となる人員や、兵器を製造する技術者が必要だったのだろう。国としては待ったなしだったのだと思われるが、それは我々学生にとっても同じだった。

翌日からは大変な毎日が始まった。朝から夕方六時頃まで学校に居残って詰め込み授業を受けるのだ。本来なら三学期に習うものも二学期の間にやってしまおうというわけだ。

また繰り上げ卒業と同時に、大学生、専門学校生には学生として免除されていた徴兵検査を受けることも決定となった。

「これは、えらいことになってきたな……」

という事態だった。

「海軍技術士官」募集

詰め込み授業に追われていたそんな二学期のある日、詳しい日は忘れてしまったが、ふと学校の掲示板を見たら、「海軍技術士官募集」と書かれた掲示に目がとまった。

造船、造機、造兵。――それぞれの技術士官を募集する、とあった。

士官とは少尉以上の将校、いわば軍隊の上層部、幹部クラスのことだ。

（大将・中将・少将……将官／大佐・中佐・少佐……佐官／大尉・中尉・少尉……尉官）。

〈兵〉の上が〈下士官〉のクラスで、その上が〈将校〉となる。

軍隊は陸軍なら、まず二等兵から入り、一等兵、上等兵、兵長と上がっていき（徴兵されて入隊した場合、兵役は二年間なので、このへんで終わり）、ここから上は軍人で、下士官（伍長→軍曹→曹長）となる。陸軍の下士官は兵からの叩き上げで上がっていくのが基本だ。

将校以上の幹部へは、旧制中学校を卒業し、軍事教練を受けておれば、軍隊に入隊してから幹部候補生へ受験する資格があり、そこで〈下士官適任〉と〈将校適任〉とに分けられ、〈下士官適任〉なら下士官から特務曹長を経て少尉に、〈将校適任〉なら士官学校で約一年間の教育を受け、士官として少尉に任官された。つまり中学校卒業資格で将校になれる可能性があった。

しかし海軍では、下士官（三等兵曹→二等兵曹→兵曹長）は下士官任用試験に合格する必要があり、そのため多くは、各種学校（砲術学校や水雷学校など）を卒業し、その証としての特技章を持っていることが必要条件としてあった。さらにその上の将校へは実際には専門学校や大学を卒業していなければ、なることが難しかった。

これは海軍の場合、船舶に関連する基礎的な知識の理解や計器類の取り扱いなどの特殊技術が必要だったためだろう。

なかでも専門的な知識や技術を要する「海軍技術士官試験」を受けてなることができる「技術将校」は高専・大学の技術科（工学部）卒業者にのみに開かれた道だった。

もしもこの試験を受験し、幸運にも合格することができたら、海軍少尉の候補生になれるわけだ。

「……これは、いいな。ひとつ、受けてみるかな。なんとか、受かればいいがな……」

と思った。

軍隊の階級社会、特に新兵の苦労は、周りからも聞かされてじゅうぶん知っていた。繰り上げ卒業が決まったからには、いつ徴兵が来るかわからなかった。

しかし誰でも考えることは同じである。私が在籍していた福井高専からは機械科からも、電気工学科、工作機械科からも、それぞれ八〇名ほどがこの海軍技術士官募集試験に応募していた。

体格検査

一一月の試験日、金沢の兼六園公園の試験会場まで受験に行くと、金沢の高等工業学校（現・金沢大学）からも、富山の高等工業学校（現・富山大学）からも同じように学生が来ており、その集まった人数の多さにびっくりしてしまった。

「なんと、ようけの人やな……これだけの人数が受けるとなると、これは通るかどうか、わからんな。あかんかもしれんな……」

と思った。

ところがそんな大勢の学生たちが、初日に体格検査を受けるとダーッと半分ぐらいに減ってしまった。士官候補になるには、ある程度の身長と体重が必要なのだった。もちろん何か持病があったり、身体に障害などの不具合があると、その時点で落とされていた。

私は視力が少し悪いだけで、幸い昔から身長は高いほうで、体重もそこそこあった。痩せすぎて、あまりひょろりと背ばかりが高すぎるような体型でもいけないらしかった。そこそこの背丈で、いわゆるがっちりとした筋肉質の身体が望ましいようだった。

背が低すぎる、高すぎる、目方が足りない、多すぎる、……とどんどん振り落とされていくなかで、私は合格基準のグループに残った。

これは幸運だったといえる。この段階で、私よりも成績でははるかに優秀だと思っていた級友が、何人も落とされていたからだ。

一日目も二日目も、検査や試験が終わると最後に名前を呼び出された。呼ばれた者は合格で、引き続き明日の試験を受けられる。呼ばれなかったものは不合格なので明日は来なくていい、というわけだった。

学科試験

次の日は学科試験だった。昨日の体格検査で合格した約半分のメンバーが試験を受けることになった。

午前の試験は機械工学だったが、ここでも私は運がよかった、と思う。

実は高専の繰り上げ卒業に向けて、学生たちは毎日授業を受けつつ、その傍らで、「卒業設計」の制作に取り組んでいた。

卒業設計とは卒業論文のようなもので、自分で決めたテーマに基づいて、設計図を書き上げて学校に提出する。私が卒業設計のテーマに選んでいたのは、〈天井走行クレーン〉だった。卒業設計には図面とともに計算書を添付して提出する必要があった。

私は天井走行クレーンにしようと決めて、「どこからか、参考になる図面が手に入らないかなあ」と兄貴に頼んだところ、大阪鉄工所（現在の日立造船）から天井走行クレーンの図面をもらってきてくれて、手に入れることができた。それをもとにしてクレーンとそれに必要な歯車の大きさを計算して、毎日その図面と計算式に取り組んでいたところだったのだ。

このときの士官候補の学科試験にズバリ、その問題が出たのだ。歯車の大きさを計算する計算式を問う問題だった。これには驚いた。毎日のように取り組んでいた計算式だったから、当然、すらすらと回答できた。

これもまったく運がいいとしか言いようがない。普段は、私よりもはるかにいい成績をとっている者でも、すべてをパーフェクトに覚えているわけではないから、たまたま歯車の計算式に関しては忘れていて、いい解答が書けずに落とされた級友も大勢いた。

午前中の試験の結果で、名前を呼ばれて、呼ばれなかった者は振り落とされた。

昼からは数学と物理の試験で、終わるとそこでまた約半分ほどの学生が振り落とされていた。

口頭試問——陛下と呼べるのは何人？

周りを見渡すと、一日目の体格検査、二日目の学科試験を経て、あんなに大勢いた学生たちは、すでにごくわずかな人数になっていた。

三日目は口頭試問、面接試験だった。

何を質問されるのかな、と緊張していたら、いきなり、

「日本で現在、〝陛下〟と名のつく方は何名おられるか？」

と尋ねられた。

いきなりのことで最初は、〈天皇陛下〉と〈皇后陛下〉を思い浮かべて、二名か？と思い「二名」と答えかけたが、いや、待てよ、と思い直し、

「あっ、三名です」

と言い直した。

正解は三名であり、「よく、知っていたな」と褒められた。

〈天皇陛下〉と〈皇后陛下〉、それから大正天皇の妃《きさき》、〈皇太后陛下〉がおられたのだ。正解は三名であったが、落ち着いてよく考えたらわかることでも、いきなり聞かれるとびっくりしてしまい、とっさには正しく答えられないものだが、これも「運がよかった」と言える。

それからあとは家族構成や家のことを聞かれた。

私は兄が二人、姉が二人の五人きょうだいの一番下。姉二人はすで結婚して家を出ており、兄二人のうち、長男は家が百姓だから農家の跡を取っていること。二番目は京都市交

通局に勤めており、経理部にいる、と告げた。

そうしたら、

「それでは、あなたはどこへ行っても大丈夫なのですね」

と言われた。

「はい。それは、命令なら、どこへでも行きます。ぼくは別に家にいなければならないことはありません」

と答えると、「それは結構」と。

今度は、「家には資産がどのくらいあるか、わかりますか？」と聞かれた。

資産と言われてもよくわからなかったが、

「はっきりとわかりませんが、家はとにかく百姓をしています。自分のところでできない分は小作に貸しています。農地の面積は相当あります」

と言った。

「そうしたら、その点でも心配ないな」と言われた。

それで口頭試問は終わりだった。
面接官をしていたのは、少佐か大尉のようだった。

真珠湾攻撃・太平洋戦争の開戦

海軍技術士官の試験が終わり、合否の通知を待っている間に一二月に入った。そして日本にとって、運命の昭和一六年一二月八日がやってくる。

この日、日本軍は、南雲《なぐも》忠一中将率いる艦隊がハワイ島真珠湾への奇襲攻撃作戦を決行する。

この戦いには、当時の日本海軍の航空母艦「赤城《あかぎ》」「加賀《かが》」「蒼龍《そうりゅう》」「飛龍《ひりゅう》」「瑞鶴《ずいかく》」「翔鶴《しょうかく》」の六艦がそれぞれ一隻に六〇機から七〇機の戦闘機を搭載して出陣した。

世界の常識ではまだまだ巨大な大砲を積載した「戦艦」が主役であった時代に、日本軍はこれら「航空母艦」を基礎とした、戦闘機によるあざやかな航空攻撃を展開して見せ、新しい時代を切り開いたのだ。

アメリカはまさか日本の飛行機がこんなところまで飛んでくるとは思わず、ただ面食らっていた。最初アメリカはアメリカ軍の飛行機が間違って爆弾を落とした、と勘違いしていたようだ。実質的な反撃はほとんど行われることがなく、日本軍は真珠湾に停泊していた艦船を次々と海中に沈めていった。戦死者数で言うと、日本軍九人に対し、アメリカ軍は二三四五人と記録されている。圧倒的な日本軍の勝利であり、宣戦布告だった。

真珠湾攻撃の後、英米軍は日本の航空母艦戦略を取り入れようとするのだが、当時の日本の技能の高さは抜きん出ていた。

日本軍はその後も海上戦において連勝を重ねていく。しかし、こうしたおごりからくる油断が一七年のミッドウェー海戦での惨敗を招いた。

この真珠湾のとき、日本軍は真珠湾に停泊していたほとんどの艦船を潰したが、肝心の

「工廠《こうしょう》」を潰しておかなかった。工廠とガソリンスタンドなどの後方施設を爆撃しておくべきだったのだ。それが唯一の失敗だった。もう一度、戻ってでも攻撃を再開するべきだった。船を作り、兵器を作る心臓部である工廠を、ここで徹底的に破壊しておくことが重要だったのだ。

よく言われることだが、日本はアメリカに戦術で負けたのではなく、圧倒的生産能力の差で負けた。そういった意味からも、真珠湾ではもっと壊滅的な打撃を与えておくべきだったと思う。

一二月八日の徴兵検査

ところで日本軍が真珠湾を攻撃し、いわゆる太平洋戦争が始まることになる開戦の日(一二月八日)、この日は偶然にも、私の徴兵検査の日でもあった。

徴兵検査は当時は国民の義務であり、本来なら満二〇歳になったらすぐに受けるものだ。しかし我々のような大学生、高専生は学生であるため二〇歳を過ぎても兵役が免除になっていた。それで繰り上げ卒業することが決まったと同時に、徴兵検査を受けることになったわけだが、その日がたまたま一二月八日だったのだ。

検査は陸軍将校と軍医によって行われたのだが、検査を受けている最中に、検査官によって、「英米との戦争が始まった」と、みなに発表された。

いよいよか……という感じだった。

徴兵検査では、私は視力が悪く、当時から眼鏡をかけていたため、〈甲種合格〉にはならず、〈第一乙種合格〉となった。

徴兵検査の結果には、〈甲種〉〈第一乙〉〈第二乙〉〈丙種〉があり、丙種の人はよほど戦局が厳しくならなければ召集されることはなかった。戦争の終わり頃になると丙種合格者も召集されていたが、実際には〈甲種合格〉者と、〈第一乙種合格〉者が、即座に入隊が決定することが多かった。

徴兵検査が終わるとすぐに役場から召集令状が来た。私は年明けの一月二〇日、伏見にあった陸軍第一六師団四三部隊に召集されることになった。輜重兵《しちょうへい》、大砲や兵器や食糧を運ぶいわゆる兵站《へいたん》、輸送を任務とした連隊への配属だった。

このまま技術士官の採用通知がこなければ、陸軍四三部隊への入隊が決定してしまう。内心、「これはえらいことになったな」、と思った。

第一六師団

京都にあった陸軍の部隊は、その名がよく知られている「第一六師団」であり、伏見にあった。

一個「師団」とは約一万五〇〇〇人の兵で構成されている。そんな「師団」が東京、仙台、名古屋、広島、九州など、主要都市に一つずつ構成されていた。

軍隊という階級社会は実に組織的であり、かつ効率的にできていた。

まず小隊（六〇人ぐらいの単位）の長を〈少尉〉が勤める。小隊を三つぐらい束ねたものが中隊（約一八〇人）で、中隊長には、〈中尉〉か〈大尉〉があたる。中隊をまたいくつか束ねたものが大隊で、大隊長は〈少佐〉〈中佐〉がなる。その上が旅団で〈少将〉、それがまた集まったものが師団で〈中将〉が指揮を執る。中将からは天皇陛下の任命になる。

戦時になると、この師団をいくつも組織する必要があるわけだが、そうするともちろん兵の数も必要だし、少尉など下の階級にいくほど将校がたくさん必要となるわけだ。兵学校、士官学校の卒業生だけでは足りず、大学生や専門学校学生を将校にするためのさまざまな募集試験が、この当時、陸軍、海軍、競い合って繰り広げられていた。

「海軍技術士官募集試験」もおそらくその一環だったのだろう。

いつまで待っても返事が来ないから、技術士官は落ちたかな、と思っていたら、年の暮れもギリギリの一二月三〇日になって「海軍技術士官採用内定」という電報が来た。てっきり落ちたと思っていたので、電報を見たときはびっくりして、

「ワーッ、助かった!」

と思った。

東京築地海軍経理学校

海軍技術士官採用内定の電報には、「昭和一七年一月二〇日に東京築地の海軍経理学校へ集合せよ」と書いてあった。東京築地、と言われても、それまで東京へなど行ったこともなかったから、築地がどこにあるのか、経理学校が一体どんなところなのか、さっぱりわからなかった。

心配した兄貴二人が一緒について来てくれることになり、三人で前の日に東京に着いた。あちこち探すうちに海軍経理学校の門の前にたどり着き、「ああ、ここやな」とわかるとホッとして、その日は近くの旅館に泊まることにした。

そして翌日、一月二〇日は雪がちらつくような寒い朝だった。朝の八時だったか九時だったか、とにかく言われた時間に海軍経理学校へ行った。

そうしたら、全国からこの試験に合格した精鋭たちが集まって来ていた。

私が受験したのは金沢だったが、同じような試験会場が全国各地で実施されていたのだろう。数えるとちょうど二四〇名いた。全国の大学や高専の出身者なのだろうが、なかでも東大と京大の出身者が圧倒的に多いようだった。

それでもじっくりと見ていくと、だいたい一つの学校から二人か三人は、まんべんなく採用されているようだった。福井高専からは私のほかに誰が来ているのかと思ったら、機械科からは私を含めて二人と、工作機械科から一人、合計三人が合格していたようだった。

それは単に勉強ができるからとか、成績がいいからという理由だけではないように思えた。私よりもっと頭がよく、成績のいい級友が体格検査で落とされていたし、自分の面接のときのことを思い出しても、まず長男は敬遠されるようだった。長男は残しておいて家の跡を取らさないといけない。その点、次男以下の弟はどこへ行かされても、どこで死んでもかまわないから、軍隊としては使いやすいようだった。

それから出題される問題やタイミング、いわゆる運のようなものもあると思う。

さてそんな合格者たちが校庭で集まっていると、海軍軍令部総長、海軍大将の永野修身《ながのしゅうしん》が現れた。ちょっとした前置きのあと、

「お前たちを少尉候補生に任命する」

という意味のことを言われて、校庭での式のようなものは終わった。

海軍の制服を支給

「全員、講堂のなかに入れッ！」

声にしたがって講堂に入ると、

「いまから着ているものを全部、ここで脱げ！　ふんどしも取れ！」

と言う。外は雪が舞う一月の寒さだ。講堂のなかの空気も冷えていた。それでも言われるままにガタガタと震えながら丸裸になった。

それまで身に着けていたものはすべて脱ぎ捨てて、そして頭のてっぺんからつま先まで、ひと揃え、海軍から与えられたものを身に着けろ、というわけだ。ここで短剣も支給された。ところで海軍の下着は、伝統的に布を前にタラッと垂らす、いわゆる〈越中ふんどし〉と決まっていた。私はそれまでパンツばかり履いていたから、ふんどしをどうやって着けたらいいのかわからなかった。私のほかにも何人か同じようにモタモタしている連中がいるのを見かねて、下士官の一人が段の上に上がり、そこで丸裸になり、

「わしのやる通りにやれ!」

と言ってふんどしの着け方を実演して見せてくれた。いったん覚えてしまえば簡単なものだが、最初はそうして覚えた。

次はシャツだ。それまでは毛糸のシャツなど、いっぱい着込んでいたが、薄いシャツを一枚身に着けただけで、その上から直接、上着とズボンを着ろ、と言う。慣れるまで寒かったが、仕方がない。

海軍の制服は紺色に、シュッと白い筋が入ったやつだ。候補生では星はまだ付いていない。少尉になるとはじめて一つ、星が付く。

こうして上から下まで真っさらになった。靴だけは履いてきた自分の靴のままだった。靴はサイズがあるためか、そのときはまだ支給されなかった。海軍の靴は、海にはまったときも足をポンと動かせばパッとすぐに脱げる丸い靴で、これはあとから支給された。

横須賀砲術《ほうじゅつ》学校へ

全員が制服に着替え終わると、次は宮城遥拝《きゅうじょうようはい》（皇居に向かって最敬礼）だったが、まだみんなロクに正式な敬礼の仕方も知らなかったから、帽子を脱いで見よう見真似で敬礼である。

そして、関係者以外、誰にも会うことなく、見られることなく、そのあと、全員すぐに列車に乗った。〈省線《しょうせん》〉と呼ばれていた当時の国鉄で、横須賀まで行くことになった。

持っていた荷物、着てきた服は油紙をくれて、

「ここに住所を書いて、包んで一つにまとめておいておけ。こちらで自宅まで送り返しておくから」

と言われた。これは便利だな、と思った。

省線（国鉄）に乗り込んだ私たちは、横須賀で列車を降りた。駅を降りると真っすぐに一番突き当たりまで行き、山のトンネルを抜けるとそこはバーッと辺り一面、太平洋の海だった。青い海に青い空だ。沖には日本の軍艦がいっぱい停泊しているのが見えた。そんな海岸沿いにこれから三か月間、訓練を受けることになる横須賀砲術学校があった。

そこで今度は青色の作業服が与えられて、

「これに着替えろ」

と言われた。せっかく身に着けた海軍の制服はいったん脱いで、今度は作業服に衣替え、というわけだ。

作業服に着替え終わると、

「お前らは、この学校にいるあいだ、この作業服を着ているあいだは、新兵、二等兵や！」

と下士官の教官に言われた。

ここでは軍隊とは何か、軍隊生活の基礎を学ぶ訓練を受けるのだが、その間は〝たとえ少尉候補生といえども新兵扱いだ〟、ということのようであった。

班編成

次は班編成が行われた。二四〇人の候補生たちを、一五～六人ほどずつ、一五のグループに分けて班が作られた。

どうやって分けたかというと、名前を呼ばれて成績順に並ばされていくのだ。一番から一五番までが先頭列、一六番目は一番のすぐ後ろについて、一七番が二番のうしろ、こうやって二四〇人全員の成績が発表されていき、同時に、整列させられ、班に編成されていった。これは「先任順位」といって、この順位は軍隊にいる間、ずっとついてまわった。

こうして班編成すれば、どのグループもだいたい能力が均等になるし、候補生同士の間でも誰が成績優秀なのか一目瞭然となる。各班、一列目の成績優秀者が班長に任命された。全体のなかでもっとも成績のよかった者が第一班の班長というわけだ。班長はだいたい東大や京大を卒業していた連中で、私はしんがりのほうからついていった。

部屋は大きな講堂のような場所を板で仕切って班ごとに生活できるようになっていた。壁には背の高さぐらいのところにハンモックを吊すためのひっかけがあった。

班が編成されると、それ以降は日中の訓練も、夜、宿舎で寝るのも、すべての行動がこの班ごとに行われた。三か月の間は、いわば家族同様になるというわけだった。

ハンモック

「お前らは新兵や！」

と言われて、班に分かれ、まず一番はじめに何をさせられたかというと、ハンモックの扱いを覚えることだった。

ハンモックは水兵にとって船での寝床だ。船上にはさまざまな積み荷や武器や機材が積まれている。そこで限られたスペースを効率的に使うため、身長よりも少し低いぐらいの位置にハンモックを張ってそこで寝るのだ。我々のような技術士官で、陸上勤務が基本であっても、乗船することを前提に、この三か月の訓練期間中はハンモックで寝ることが訓練の一つだったのだ。

一人につき、このハンモック一つに、毛布を四枚から五枚ほど。それを一枚は下に敷き、身体にも巻きつけて、上に一枚か二枚ほど掛けて寝る。

ハンモックは結構高い位置に吊り下げられており、しかもなかに何も入っていない状態ではブラブラとしてるから、寝るときは、まず自分でそこへ飛び上がらなければならない。これがなかなか難しく、まずはハンモックに上がる練習から始まった。

そして、ようやく全員がハンモックに収まり、寝たかな、と思う頃にときどき教官がやって来て、「全員、足を上げろ！」と言われる。

みながハンモックのなかで一斉に足を上げると、なかには寒さに弱いのか、靴下を履いて寝ている者がいる。

そこで、

「靴下を履いている者は降りろ！」

と言われるわけだ。

靴下を履いて寝てはいけないのだ。靴下を脱げ！　裸足で寝ろ！　というわけだ。

そして朝、目を覚ますとハンモックから降りて、まず毛布をすべてきれいに畳み、それからハンモックを畳み方にしたがって細長く畳み、中に毛布も入れて細長くしたものを壁際にきちんと並べる。

その間、時計を持って時間を測る。はじめは一〇分以上かかった。おまけに何度もやり直しをさせられて、しまいには嫌になってきたけど、毎日毎日やらされていると、そのうちに五分もかからずにできるようになった。

訓練生活

それが済むと、体操の号令ラッパが鳴る。校庭まで走って飛び出して行き、一〇分ほど体操をする。スウェーデン体操といって、順番に一人が段の上に上がって手本になってやった。

体操が済んだら、ようやく朝飯のラッパが鳴る。またまた走って食堂まで行き、朝飯を食べた。朝はパンが一人半斤に、コーヒー。コーヒーは飲み放題。

コーヒーは大きなやかんにいっぱい作ってあり、いくら飲んでもよかった。パンは半斤といっても、最初はそんなにたくさん食べられず、二切れも食べたらお腹がいっぱいになっていたのが、そのうちに身体を動かすため体力を使い、腹が減ってくるようになったのか、全部食べられるようになった。

朝食が済むと、午前中は学科をやり、昼からは教練をやった。午前と午後が逆の日もあった。

昼には野菜や小芋など、いろいろと炊き合わせたものがついたり、家にいるのとさして変わらないようなおかずがあり、晩飯には魚か肉がついていた。わりとご馳走を食べさせてくれた。昭和一七年といえば、まだ日本が戦争に勝っていた時期だ。食糧を含めた物資は比較的、豊富にあったのだろう。

手旗とモールス信号

学科では、軍隊のいろいろなこと、法令のこと、中隊長くらいまでの階級、職務のことなどをずっと、三か月かかって教えられた。

教練は体操から始まり、鉄砲を担いで「オイッチニイ」と行進をする。鉄砲など担いで行進したことがなかったから最初は大変だった。

ここで習うことで、陸軍と海軍で大きく違う内容は、海軍では手旗とモールス信号が必須で、必ず覚えなければならない、ということであった。

手旗のほうはなんとかなったが、モールス信号は難しく、なかなか覚えられなかった。「ツー・ツー・ツー」で、い、ろ、は、に、ほ、へ、と……をすべて表現するのだ。そう簡単に覚えらるわけがない。その点、手旗は、あの頃は学校の軍事教練でも、ある程度やっていたから、なじみがあった。

それでも遠い場所に水兵が立ち、両手に持った手旗を早い動きでパッパッパッとやる。それを、「今、なんて言ったのか、答えろ」と言わされるのだが、皆目わからない。はじめの頃は二四〇名が校庭に並ばされて、一人が指名されて、答えられないでいると、知っているやつが小声でこっそりと「〝飯を食え〟と言っている」とか小声で教えてくれていた。

そのうち教官がそのことに気がついて、一人ひとりを一メートルぐらいの間隔で距離を置いて立たされるようになった。それでモールス信号にも答えさせられるのだが、あれには参った。

モールス信号に関しては、私だけではなく、ほとんどみんなが手を焼いていた。

「落伍してもらっては困ります」

鉄砲を担いで省線（国鉄）に乗り、東海道線の辻堂まで行く。そこから鎌倉まで演習をしながら帰った。鉄砲を担いで海岸の砂浜をひたすら走るのだ。けっこうな距離があり、砂に足を取られて重く、走りづらく、地面を走るときよりも数倍も体力を消耗した。

あるとき、ああもうダメだと思い、砂の上にひざまづいて、はじめて落伍しかけた。軍隊なら普通は蹴り飛ばされる場面であろう。

そうしたら、横について走っていた教官（下士官）が、

「落伍をしてもらっては、困ります！」

と言った。

実は我々、士官候補生は、訓練期間中、一回も殴られたり蹴られたりすることはなかった。「走れ！　走れ！」と口では厳しく言われるけれど、こちらがバテそうになり、しんどそうに遅れたりすると、持っているものを、

「こっちに貸せ！　いいから！　鉄砲も貸せ！」

と言われて、教官が私のぶんの鉄砲も持って二つ担いで走ってくれるのだ。それどころか、私を引っ張って走って行ってくれた。いくらヘマをやっても、口ではなんだかんだと言われるけれども、結局、殴られたりすることは一度もなかった。

周りを見ていても殴られたりしているやつは誰もいなかった。

教官である下士官たちは、自分たちが訓練している新兵が士官候補生で、いずれは自分たちの上官として出世していくことを知っている。下手に殴ったりして恨みを買ったら、あとあと報復されるかもしれない。しかし、教えることはきっちりと教えないといけない

から、なかなか微妙な立場だったのだろう。

テーブルマナー

こうして三か月間の訓練が終わると、平時なら練習船に乗り込み、半年ほどかけて世界を一周したそうだ。戦時なのでそれは残念ながら叶わなかった。

しかし「とにかく、お前らに洋食の食べ方を教えるから、ついて来い」と、全員引き連れられて、まず横浜のホテルへ行った。その次は東京の帝国ホテルだ。そこのレストランで洋食のフルコースを食べさせてもらってテーブルマナーを覚えるのである。

西洋料理などというものはそれまで食べたことはなかったが、確かに美味しかった。

こう、ナイフとフォークが両側に並べてあって、外から順番に取っていき、前のやつはデザートのもので、最初はスープから、と出される順番があり、と、洋食のマナーはあのときにだいたい覚えた。

帰省

こうして、三か月間はあっという間に過ぎた。

訓練期間が終わるとその後、身分は少尉候補生のままで、全員、あちこちに配属先が決まった。

内地では、そのまま横須賀に残る者、呉に行く者、舞鶴に行く者、佐世保。それから外地では青島《チンタオ》（中国）。青島はあの頃はもうすでに日本の領土であり、拠点だった。一番遠いところまで行ったのは昭南《ショウナン》（シンガポール）、と、それぞれに行先が告げられた。

私は舞鶴海軍工廠への赴任となった。舞鶴鎮守府付《ちんじゅふづき》といった。鎮守府とは各地にある軍隊の拠点のことで、海軍鎮守府は艦隊の後方を統轄していた機関。鎮守府司令長官は、天皇陛下の信任状をもらった中将か大将が当たる。

そこの所属、という意味だ。舞鶴に配属になったのは、一緒に訓練を受けたメンバーのなかで三〇名くらいいた。福井高専の機械科から合格したもう一人の級友も舞鶴に配属になっていた。彼とは終戦までほとんど一緒だった。


さて横須賀を出て、赴任の日まで四、五日の余裕があったから、それまでは、みんないったん自分の家に帰ることになっていた。

家に帰省するときの服装は、当然、海軍の服装に、腰には短剣だ。

故郷では私が技術士官候補生になったことはすっかり評判になっていたから、海軍の制服姿を近所じゅうに見られるのは少し晴れがましくもあったが、家族は私を誇りに思って大いに歓待してくれた。

酒や料理でご馳走をしてもらい、親戚も来てくれた。こうして久しぶりの実家で家族に囲まれて、楽しい時間を過ごしたあと、いよいよ舞鶴へと向かうことになった。

Ⅱ　舞鶴海軍工廠

水雷工場への配属

昭和一七年五月。
私は舞鶴海軍工廠《まいづるかいぐんこうしょう》第二造兵部水雷工場に配属された。
舞鶴海軍工廠のあった場所は、いまの住所では西舞鶴の倉谷という地名になる。

舞鶴海軍工廠は、主に二五〇〇トンクラスの駆逐艦《くちくかん》（現在は護衛艦《ごえいかん》と呼ばれている）を作っていた。駆逐艦は二〇〇～二五〇人ぐらいの兵隊が乗船し、六〇ノットの高速で走る船だ。魚雷発射管をもち、敵をめがけて魚雷を発射する。（現在は戦艦がなくなったため、海洋の護衛としては護衛艦がもっともポピュラーな船舶として大型化している）。

海軍工廠は三つの部門に分かれていた。まず〈造船〉部は船舶そのものを作る部門。〈造機〉部は船を動かすエンジンを作る部門。

そして〈造兵〉部は兵器を製造する部署だ。

造兵部は機銃から大砲、爆雷投射機、水雷などの兵器をはじめ、望遠鏡、羅針盤などの工学機械類を製造していたため、部署としては最も大きかった。

第二造兵部は、機械水雷の需要が高まり、新たに機械水雷の工場としてできた部署だった。

実地訓練後、少尉へ昇格

しかし、ここでもすぐに製造の現場に就いたわけではなく、三か月間は、大尉か少佐クラスの上官の下について、技術の実地訓練だった。この三か月の間の私の主な仕事は、徴用工を訓練することだった。

その頃、工場には大勢の徴用工が徴用されて来ていた。日本政府は昭和一四年に国民徴用令を制定し、徴兵とは別に、一般国民を国家命令で軍需関連産業の工場などの労働者として働かせていたのだが、彼らに対しても兵隊と同じように二〜三か月の基礎訓練期間があった。その訓練の監督をするわけだ。全員に同じような体力をつけるために、体操をさせたり、走らせたりする訓練を監督しろというわけだ。少尉候補生は私一人だけではなく、三人か四人が交代で徴用工と一緒になって校庭を走った。

また上官のあとについて、できたばかりの軍艦のなかを来る日も来る日もうろうろと歩き回る毎日が続いた。

舞鶴に来てから三か月の間、こうした実技訓練をさせられて、それでやっと少尉にしてもらった。昭和一七年秋のことだった。海軍に入って、ちょうど六か月が経っていた。

潜水艦への機械水雷設置

少尉になると、ようやく少しは専門的な仕事をさせてもらえるようになった。

昭和一七年、九月か一〇月の一日。今度は「外業工場に行け」と命令された。何をするのかというと、できたばかりの軍艦にはまだ兵器が何も載っていない。そこへ大砲や爆雷投射機や機銃などを据え付けていく。その取り付けの仕事をするわけだ。

私が一番はじめに取り組んだのは、潜水艦に機械水雷の丸い発射装置を取り付ける仕事だった。他にも大砲を据え付ける仕事、爆雷投射機を据え付ける仕事など、たくさんのグループが同じような作業に当たっていた。

機械水雷とは、敵の軍艦に見つからないように潜水艦で接近し、水雷を離してから逃げる。ちょうど軍艦の底かちょっと上くらいの位置で水深はそんなに上ってないから、向こうは気がつかないことが多い。それで水雷が機体に当たって、爆発するわけだ。この機械水雷は新兵器だった。

完成した潜水艦が工場に入ってきた。「お前はこの発射装置の取り付けを担当しろ」と言われた。それまでそんな作業はしたことがなかったし、知識も不足していたが、必死で取り組んだ。

まずはとにかく穿孔《せんこう》、潜水艦に孔《あな》を開ける作業が必要だった。しかしこれが大変だ。潜水艦に孔を開けるためには艦政本部の承認が必要なのだ。潜水艦にとって機体は生命線だから、そう簡単に孔は開けられないというわけだった。申請の手続きをして、ようやく承認をもらって、やっと孔を開ける作業を開始し、発射装置を取り付けた。

それで一度、本当に起動するのか、試験航海として海上に出て、試しに起動させてみた。そうしたら、なんと、出なかった。

「……これはえらいことになったぞ……」

意気消沈して帰って来て、出なかったことを上官に報告すると、

「どこが悪いのか、考えて、とにかく解決しろ」

と言われた。

なんでだろう、なんで出ないんだ、と、ずっと考えていたのだが、あるとき、ふと、ひらめいた。潜水艦は断面を見てもわかるように楕円形をしている。楕円形の角度に対して直角に装置を立てていたわけだ。ということは実際には水平に立ってないのではないか、と思いついた。

それで二回目のときは角度を測ってみた。それで水平になるように角度を考え、計測して設計し直したものを取り付けることにした。そうして海上で試験をしたら、今度は成功した。潜水艦はいつまでも引き留めておくことはできないから、もう、「やれやれ」、と

胸をなでおろした。上官からも「よくやったな」と褒めてもらった。

それからも三隻か四隻か同じような潜水艦が入ってきて、それらにみんな同じように孔を開け、設計した通りに機械水雷を取り付けた。

私が取り付けたものが実用したかどうかまではわからない。敵の空母に当たったかどうかは知らない。実戦の戦果はあまり公にはしないものだが、どこからともなく漏れて聞こえてくるものだった。特に大尉以上になってからは、将校食堂の話などで、戦況や舞鶴で作られた兵器の成果などが耳に入ってくるようになった。

こうして工場で、軍艦のなかを行き来しながら、一年が経って、中尉になった。

マニラ湾でマッカーサーを追い詰めた機雷

〈水雷《すいらい》〉とは、火薬の爆発によって直接船艇へ攻撃を行う兵器のうち、水中で爆発する兵器の総称である。地中で爆発する〈地雷《じらい》〉に対する言葉であり、水雷の具体的な種類には、機雷《きらい》（機械水雷）と、魚雷《ぎょらい》（魚形水雷）がある。

魚雷（魚形水雷）には弾頭にエンジンがついており、自らの推進力で進む。

機雷（機械水雷）は、水中に放置され、触覚部分がついており、艦船がここに接触したとき、爆発する水中兵器をいう。浮力があり、水深一メートル、二メートル、三メートルと、浮かぶ深さ、水深が調整できるようになっていた。効率よく軍艦を攻撃するためのものだが、その水深を調整するために、当時は砂糖を使っていた。砂糖の量と海水の量（濃度）で水深を調整していたのだ。

昭和一七年、フィリピンに上陸し、マニラを占領した日本軍があと一歩というところまでマッカーサーを追い詰めたことがあった。マニラ湾を機雷で海上封鎖したのだ。ところが彼は日本軍によるマニラ湾の機雷海上封鎖を知ると、さっさと小型のモーターボートに乗り換えて逃げてしまった。モーターボートのような小さい船なら機雷の上を走って通り抜けられるわけだ。

まさか日本軍はマッカーサーのような重要人物がモーターボートで逃げるとは思っておらず、てっきり軍艦で移動するものだと信じていたから、このときマッカーサーを逃がしてしまった。「ああ、しまった」と思っても、後の祭りだった。

分析工場、鋳物工場の主任

そうこうしているうちに、当時、ジャワに日本の油田があったのだが、そこに一人、士官を「出せ」と軍が言ってきた。誰を出すのか、誰が当たるか、自分だったらどうしようかと思っていたら、私と一緒に赴任してきた中尉の一人で、仲良くしていたやつが任命されて、ジャワに行ってしまった。

あとになって話を聞けば、ジャワ島での仕事は原油の汲み取り作業の監督だけ。みな逃げてしまって誰もいなかったそうだ。

軍隊とは本当に〈運〉〈不運〉の世界で（私はどうやら先の潜水艦への機械水雷設置の成果がある程度、上に認められていたようだった）、ひどい例ではカムチャッカ半島に飛ばされた将校もいた。彼は終戦でロシア兵が来たとき、終戦の知らせが届いておらず降伏せずに反撃したため、そのあとも長期間、シベリアに抑留されていたという。


ところがその将校がジャワへ行ってしまったあとの補充が来ない。私は外業で潜水艦の取り付けをしていたが、そこから呼び戻されて、

「お前が代わりに、分析工場の主任をやれ」

と言われた。


分析工場というのは、いろいろなものの成分を調べる仕事だ。たとえば、鋳物《いもの》なら鋳物のなかに何が何パーセント含まれているかを調べて、それで「よし」となったら出荷する

し、不具合があるときは、足りない物を付け加える。

この分析工場の主任になったのだが、そこは工員が一〇人ほどの小規模な工場だったから、比較的気楽なものだった。

するとこんど今度は、

「鋳物工場の主任も一緒にやれ」

と言われた。

鋳物工場に行ってみると、これが新設の、半出来《でき》状態で、工場としてまだ稼働していない。

「なんで、ここは動いてへんねん？」

と聞いたら、

「鋳物砂《いものすな》がないのだ」

と言う。

鋳物砂とは、作りたい鋳物と同じ形のものをまず木型で作り、そのまわりを砂で固める。するとちょうど木型とは反対の形の枠が外型に砂でできる。木型を抜き、そこに溶かして真っ赤になった鉄をザーッと注ぐと木型と同じ形の鋳物ができる。だから鋳造《ちゅうぞう》工場には鋳物砂が絶対に必要なのだが、それが「ない」と言うのだ。

「ない、って、なんでないねん?」

と聞くと、どうも鋳物砂は大阪の金剛山の麓の山土から生成するらしく、その辺りにある業者から買い付けているのだが、入金して、入れてくれるように再三頼んでもいっこうに入荷がない。物がないのか、あちこちの工場からひっぱりだこで後回しにされているのか、「ちょっと待ってくれ」、と言ったきり、なかなか入れてくれない。

すると、部隊長が、

「お前が行って、交渉して来い」

と言い、私は交渉をしに行くことになった。

これまでは文官の下士官が何人か行って催促していたが、相手は要するに土建屋の親方のような海千山千《うみせんやません》だ。なめられてしまっているのか、ラチがあかない、ということだった。

しかしこれまで何度行っても成果が上がらなかったわけだ。私が無策で、ただ行くだけ行っても、同じことになるのではないか、と思った。
「何かいい手はないだろうか?」と考えていた。

鋳物砂の入荷

それで大阪に着くと、まず大阪の海軍憲兵隊に行き、憲兵二人に「ついて来てくれ」と頼んだ。「なんでや?」と聞かれるから、「実はこうこうで、軍に砂が入らへんねん」と。「軍は金は払っているのに入荷しよらへん。契約を履行しないのなら、引っ張るで、と言いたいのだ」と。引っ張れるか、引っ張れないかは別として、憲兵を連れて行って、引っ張る、と言えば本当らしく聞こえるだろう。それで憲兵を貸してくれ、と頼んだのである。そうしたら上等兵(憲兵は一番下の位が上等兵)が二人、ついて来てくれた。

そうして業者に行き、

「なんで軍に鋳物砂を納めないのだ?」

と切り出したら、案の定、あれやこれやと御託を並べはじめた。

「そうやけどお前ら、金はもらっているんやろう? これがなかったらこっちも困るねん。軍との仕事で、契約を履行しなかったら、ただでは済まへんで」

と言って脅した。

「下手したら沖縄やで。重労働やで。第一、家族はどうするんや。親父が沖縄へ行ってしまったら、家族がみんな、大変なことになるのと違うか」と。

憲兵が二人、後ろに控えていた。

「入れるのか、入れへんのか」

と再度言うと、内輪で相談をはじめた。

「一日待つ。明日の朝九時に、ここにもう一回来るから、それまでに考えをまとめて、返事してくれ」

と言って、その日は帰った。

それで翌日にまた憲兵を二人連れて行った。するとその日は最初から、

「すいません。入れます」

と返答した。

「そうしたら許したるわ」

と言って、そのまま帰った。


ところがそれから一週間経っても砂は一向に入荷してこない。上からは「お前、入る、と言うてたのに、入ってこんやないか。一体どうなってるのだ?」と言われるし、「いや、ほんまかな。やっぱり入らへんのかな。なんでや。どないしょう?」と思って、焦りはじめた。

そうしたら、ちょうどそこへ国鉄から電話がかかってきた。

「砂がぎょうさん着いているけれども、これはどこへ持って行ったらええのや?」

という話だった。

ああ、これでやれやれや、と思った。

「ここの、引き込み線に入れてくれ」

と言ったら、無事、鋳物砂が入ってきた。それでやっと面目が立った。

部隊長は、

「これはまた、えらい量の砂が入ってきたもんやな……」

とびっくりしていた。

製缶工場、大尉への昇格

そのうちに「もう一つ、製缶工場も持て」と言われた。

その頃はすでに分析工場、鋳物工場の二つを管理していたから、「これはえらいことになったな……」と思った。

その頃の造兵部に中尉は二人で、私のほかにもう一人しかいなかったから仕方がなかった。もう一人は機械工場の主事をやっていた。機械工場のほうは人数も多く、規模も大きかったからそれだけで手一杯だった。私のところで引き受けざるをえなかった。

製缶工場とは何をするところかというと、機雷の缶体を作る部署だった。水圧器を使い、缶製の半月型のお椀を二つ作り、溶接して丸い円に仕上げるところまでが製缶工場の仕事だった。あとは機械工場できれいに仕上げて組立工場に送り、なかに機械を入れて、火薬廠に送る。機雷には触覚がついていて触覚に何かが当たると、起爆装置が作動して爆発する仕組みだ。その機雷の缶体を作るのが製缶工場の仕事だった。

これらの制作図面は、昼間見て作業をすると、夜は金庫のなかに保管されていた。毎日枚数が確認されており、機密の程度でⅠからⅢまであった。作業にあたる工員が知っているのはあくまでも自分の担当の限られた部分だけで、全体像は決して知ることができないような仕組みになっていた。

それまでは人数の少ない工場ばかりだったのが、製缶工場には二四〇〜二五〇人の工員がいた。下士官だけでも一〇人以上はいる。中尉では統括するのは大変で、そこで大尉に昇格、となった。

こうして製缶工場も受けもつことになったわけだが、最初は大変だった。

例えば、「マニラ湾に機雷を敷設する」作戦が決定されて、その期日が告げられる。機雷を何千個、何万個、いついつまでに火薬廠へ放り込め、とか言われる。火薬廠からは「何日までに火薬を詰めて舞鶴埠頭に持って来い。そこで軍艦が待機しているから、すぐに積み込みとなる」と言ってくる。日にちがすでに決まっている。待ったなしだが、本当にその日までにできるのか、製造が間に合うかどうか、やってみないことにはわからない。間に合わなかった時はどうするのか。

すると上は「どうしたら、確実に期日までにできるのか、案を立てて、報告しろ」と言う。仕方なく苦肉の策で「人員が足りない」とかなんとか言うと、「よし、わかった」と言って、今度はどこからか人を引っ張って来て頭数を揃えてくる。そうしたらもう「間に合わない」とは言い逃れできないわけだ。やるしかなかった。

軍隊というところは階級があり、その階級に付随してくる仕事は、できてもできなくても「できるもの」と決めつけてくるようなところがある。「できない」という選択肢はないのだ。

おまけに製缶工場のなかには動力室というものが別にあって、朝、空気を送らないといけない。その管理も一緒にやっていたから、実際には四部門だった。

しかし間もなく、今度は中尉が一人と少尉二人、つまり士官の後輩たちが入ってきた。それで指導部が四人になったから、担当を分け、その下に下士官をつけた。「お前はここ、お前はここ、お前はここ」と振り分けて、それぞれに分担をさせた。それからは私の仕事はずいぶんと楽になった。

ただし、与えられた任務が遂行できなかったり、火災を起こしたら、それはすべて私の責任になる。火災が一番怖かった。溶接などの作業でどうしても火を使う。隣には酸素ボンベがいっぱい置いてある。もし火事を起こしたら重罪となる。

火災が起きないように、はじめ慣れるまで、家には帰らず、工場のなかで寝泊まりした。どこか暖かいところでゴロンと横になって眠っていた。

将校の出世

ところで、私は技術士官の試験を受けて合格し、少尉候補生から始まり大尉まで昇格したわけだが、同じように士官募集試験への合格でも、専門学校卒は少尉候補生からだが、大学卒業者は中尉任官からのスタートとなる。

通常は少尉で一年を過ごして中尉となり、また中尉で一年を過ごして大尉になる。

今回の私の大尉昇格は中尉になってから一〇か月後（昭和一九年）だったので、少々早いと言えば早いが、それは大きな工場の責任者になったことが、背景としてあった。大尉まではこうして年数に応じて進級していった。そこから少佐になるときに、最低でも三年、人によって五年、それ以上、と差がついていった。最低三年、というのは、「宮さん」（皇族）の場合が三年、というわけで、通常はもう少し年数がかかった。

皇族は特別待遇だった。宮さんには私と同じぐらいの年代なら、三笠宮《みかさのみや》（昭和天皇の末弟）がいた。

上に行くほど、昇格にかかる年数に差がついていくのだが、いちおう定年までおればどんな将校でも大佐までは上がれたが、それ以上の少将へは、よほど成績優秀で海軍大学を出ていなければ上がれなかった。

天皇陛下は、元帥《げんすい》（大将の上、軍隊における最上級の階級）の位であり、当時、天皇に近い男性はすべて軍人にならなければならなかった。彼らは無試験で士官学校から陸軍大学まで進む。当然、危険な戦地には行かず、安全な場所におり、周囲には常に優秀な参謀たちが護衛としてついていた。

元帥は挨拶したりすることが主な役割で、海軍ではそういった儀式は船の甲板などで行われるため、我々は海軍でも陸上勤務だったから、お目にかかることはめったになかった。

将校食堂

大尉以上になると、昼飯を食べるときは、「将校食堂」という食堂を使えるようになった。将校食堂に出入りするようになると、上層部と一緒になるから、昼食どきに食堂で話をしている内容が聞くとはなく耳に入るようになる。それで主な戦況や、軍の重要な情報がだいたいわかるようになっていった。

少尉と中尉にも特別食堂がある。それから下士官には下士官だけの食堂があり、その下が兵隊たちが食事をする食堂になっていた。

少尉と中尉の特別食堂は「ガン・ルーム」と呼ばれていた。ここでは中尉になったばかりのやつらがずいぶんと威張っていた。この部屋のなかでは自分たちが一番上だからだ。ところが大尉になり、将校食堂に行くようになると、さらに上の中将や大佐、一番上は大将、という面々が前のほうにダーッと座っているわけだ。そのなかで大尉、と言ったら一番下の末席だ。ガン・ルームで威張っていた輩ほど、小さくなってしょぼくれていた。

将校食堂ではときどき、突然、指名され、誰かを指さして「これは誰か」、と名前を言わされることがあった。突然あてられるとびっくりする。答えられなかったら、またやられるので昼飯中も緊張感を解くわけにいかなかった。

偉いもので、上官というのは、一人ひとりの将校の顔と名前を全員、見事に覚えていた。将校の人数が少なかったせいもあるだろうけど、全員の顔と名前を覚えるというのは、人の上に立つ者の心得のようなものなのだろうか、とそのとき思った。

将校の住居〈水交社〉

将校の住宅は、海軍の外郭団体である〈水交社《すいこうしゃ》〉によって運営されていて、独り者でも一部屋ずつ部屋を借りることができた。部屋のなかは六畳一間だったが、こざっぱりとして暮らしやすかった。

食事は朝、昼、晩と三食、水交社のなかの食堂で食べることができた。とは言っても実際には水交社で食べていたのは朝食だけで、昼は工廠のなかの食堂を利用していたし、夜も残業することが多かったから、ほとんど工廠で食べていた。

風呂は水交舎のなかにあった共同浴場だった。これだけは帰らないと入れないから、工場に泊まり込んでいたときなどは髭が剃れなくて困った。水交社のなかではいちいちお金を払わなくても、かかった費用はすべて給料から差し引かれて計算されていた。

洗濯は表に出しておくと、徴用の女の人が回収してくれた。将校一〇人に一人くらいの割合で、身の回りの世話をする女性がついていた。たいていはおばさんだったが、クリーニングに出す物はクリーニングに出し、自分たちで洗えるものは洗って、乾いたものを畳んで届けてくれた。おばさんなどと失礼なことを言ってしまったが、いまになってよく考えたら四〇歳代ぐらいの女性だったのだと思う。彼女らも徴用で工廠に来ていたのだった。

空き室が何室もあり、出張で、呉や横須賀や佐世保から来た将校たちはその部屋に泊まっていた。

家族官舎

昭和一九年に結婚してからは、同じく水交社のなかにある一棟建ての家族官舎に移った。生まれてきた長女は、一歳になるまでこの官舎で育った。

家族官舎は二〇軒ぐらいあり、みな家族で住んでいた。そのなかで夫の階級が一番高いのが部隊長（大佐）で、その奥さんもかなり年配の婦人だったが、奥さん連中みんなをまとめたり取り仕切ったりしていたようだった。

あとはみな若かった。日中、集まってはいろいろとやっていたようだった。

水交社のなかには主に食べ物や日常雑貨などを販売するちょっとした商店もあり、家内や他の将校の奥さんたちはここで日常生活に必要な買い物をしていた。

ここは当然、将校だけが利用できる特殊な店で、当時、世間では食料品が不足していたが、水交社のなかは比較的、物は豊富で、なんでも買うことができた。

あるとき、親戚が徴兵されて、奥さん子どもを連れてきて舞鶴までやってきた。ところが市場では思うように食べ物が手に入らず日々の暮らしに困っていたところ、水交社の話を聞きつけて、

「親戚のよしみで、何とか代わりに食料を手に入れて分けてもらえないか」

と頼まれた。

そこでよくこっそりと入場券を渡して便宜を図ったことがあった。見つかれば当然、咎《とが》められるだろうから、ひやひやものだった。

ところが戦後は状況が逆になった。

今度はこちらが食べる物がなくて困っていたとき、

「あのときは、助けてもらったから」

と、その親戚が食料を分けてくれて、助けてもらうことになった。

学徒動員

工場を三つ管理するようになり、私のもとで作業する工員たちはおおよそ三〇〇人ほどになっていた。そのほとんどは徴用されて来た人たちだったが、そのうち、いよいよ労働力が足りなくなると、昭和一八年からは、いわゆる学徒動員が始まった。

京都では二商（京都市立第二商業学校）から、四年生と五年生が来ていた。舞鶴中学からも来ていた。私の工場には一二人から一三人の学徒がいた。

学徒には先生たちもついて来ていた。第一から第一〇までと、専用の寄宿舎がたくさんあった。男性の学徒のほうの寄宿舎はちょっと遠い小浜のほうにあって、毎朝、汽車で来ていた。

学徒動員には奈良の女子高等師範、いまの奈良女子大学の一年生から四年生までが全部来ており、一部が私の工場にも配属されて来た。

奈良女子高等師範の女の人たちはさすがに頭がよく、事務所で給料の計算や庶務などの仕事をしてもらっていたようだ。彼女らは当然中学生よりも年が上で、何につけてもてきぱきとして、やはりしっかりしていた。それで士官のなかには彼女らと仲良くなって、終戦になってから結婚したやつもいた。

舞鶴海軍工廠には、多い時は二万人が従事していた。そのものすごい人数の人が手分けして軍艦を作っていた。

まず〈造船〉部では、鉄板を切り出して軍艦の外側を作る。それに〈造機〉部の人たちが作ったエンジンを据え付けて、艦の形ができたらようやく進水させる。そこへ我々のような〈造兵〉部が、爆雷投射機や機銃などの兵器を据え付けて軍艦を完成させるわけだ。毎日、毎日、すごい人数の人員が出勤してきては、それぞれの工場に入り、自分の受け持ち部署の仕事をして働いていた。購買部や食堂などで働く人たちもいた。

それだけの大勢の人数なので食料の調達も大変だった。

お昼はアルミの弁当箱を一人に一つずつ、工員さんにも全部同じものを配っていた。米にこうりゃんや大豆が入っていたものだった。量はわりとあったようだった。

それらは、すべて、〈主計《しゅけい》〉という部署のなかに食事を作る専門の係があり、将校の下にたくさんの人が配置されていて、そこで作っていた。食料の采配は重要だった。

またできあがった軍艦が、試験走行をして、いよいよ軍艦として完成の日を迎えると、祝儀としてご馳走の折詰弁当が振る舞われた。

試験航海

大砲や機銃などの取り付けが終わった軍艦（駆逐艦）は試験航海を行う。試験航海は、舞鶴港から出て、佐渡島のほうに向かって日本海を走った。

全速力でフルスピードを出したり、止まってみたり、今度は速度を遅くして巡行したりして、エンジンの調子をみる。それから誰もいない海上に向かって、機銃を打ったり爆雷を投射したりした。こうしてだいたい一か月くらいかけて、各セクションが担当したところが正常に作動するかをチェックするわけだ。

それらが順調に済み、これでいよいよ完成、ということになると、海兵団からの兵隊が一隻にだいたい二四〇人ほど乗り込んだ。兵隊が乗り込んで、それではじめて軍艦になるわけだ。将校は、艦長と大砲の係、エンジンの係などの数人が乗り込み、日本海から下関を通って呉まで航海する。

すべての軍艦はここで連合艦隊に入るわけだ。

実際の海上戦では、航空母艦が二隻、周りに駆逐艦を約一〇隻配置させて行動していた。空母には戦闘機、爆撃機を合計六〇～七〇機、搭載した。

呉で引き渡してから先は、私たちにはもう関係がなかった。呉で連合艦隊に引き渡すところまでが、舞鶴の責任であった。

横須賀でも佐世保でも同じことが行われていた。最後はすべてが呉に集結した。一番大きな軍港が呉だった。次に大きな規模が横須賀で、佐世保と舞鶴はそれほど大規模ではなかったが、それでも一万人から二万人という人数の人がいたのだ。

試験が済んで、舞鶴湾を出航した軍艦は、呉までは、実際には兵隊はあまり乗っておらず、どちらかというと熟練したベテランの工員がたくさん乗っていた。

そこを狙い撃ちするように、アメリカ軍の艦隊が対馬海峡で待機するようになった。ここでたくさんの軍艦がやられたのだ。

出陣前に撃沈した戦艦「信濃」

終戦間際、「信濃《しなの》」という名前の戦艦があった。

「大和《やまと》」「武蔵《むさし》」のほかにも、もう一隻、日本海軍が世界に誇る戦艦が存在していたのだ。「信濃」は新潟県の信濃町から取った名前だった。

信濃は大和型戦艦三番艦として、横須賀海軍工廠で昭和一五年にその建造が始まった。「武蔵」建造開始の二年後のことだった。

信濃の当初の完成予定は昭和二〇年のはずだったが、一六年から太平洋戦争が始まると、真珠湾、その後のマレー沖海戦などでの実績を見ても、時代はいまや戦艦が主役の海上戦ではなく、空母を基地とした空中戦であることが明らかとなり、信濃は建造を一時中断する。

ところが一七年のミッドウェー海戦で、日本軍は主力空母であった、「赤城《あかぎ》」「加賀《かが》」「蒼龍《そうりゅう》」と、やや遅れて「飛龍《ひりゅう》」の四隻を失う大敗となり、この打撃が日米決戦の命運を分けることとなる。

日本軍は新たな空母を急造する必要に迫られていた。そこで急きょ、信濃を航空母艦に改装する計画が浮上したわけだ。航空母艦は戦艦を作るよりも多くのコストを要したが、他に選択肢はなかった。

一九年一〇月、進水式が行われ、正式に「信濃」と命名されて、横須賀での工事は完了した。全長二六六メートル、基準排水量六万二〇〇〇トン――当時、世界最大規模の空母の誕生だった。七〇機の航空機を搭載することが可能だった。

一一月、信濃は残りの工事を行うため、横須賀港を出港し、呉へと向かった。しかし移動航海で外洋に出たとたん、紀伊水道の入り口付近で待ち伏せていたアメリカの潜水艦の魚雷攻撃を受け、信濃は紀伊半島沖に沈没することになる。

「信濃」が攻撃を受けたとき、艦には兵隊はほとんど乗っていなかった。作った技術者たちや、工員ばかりだったのだ。艦体が完成しエンジンは付いていたが、まだすべては完成していなかった。呉で航空母艦として改装して、それから兵隊が乗って出陣すべし、だったのだ。それまでにやられてしまったのだが、あの船を失ったことは日本軍には痛手だった。もし信濃が無事だったら戦況は変わっていたのではないかと思う。

しかし要するに、アメリカの潜水艦が日本の近海まで来るようになり、近海を制覇するようになってからは、もうなす術がなかった、ということだったのだ。

敦賀湾機雷封鎖

昭和一九年には、敦賀湾がアメリカの機雷で封鎖されたこともあった。アメリカの軍艦がやって来て、バーッと機雷を落としていったのだ。このままでは船舶の身動きが取れないから機雷を排除しなければならなかった。

中尉と少尉に「集まれ」と命令が下った。中尉と少尉一人につき工員を何人かつけて、班をたくさん作り、チームごとに敦賀湾に潜って、浮いている機雷の真管を数人がかりで、手作業で外すのだった。

真管を外す作業中に、もし少しでも失敗したらお陀仏だ。作動してしまったらバーッとその場で爆発して、それでおしまいだ。命がけの作業だった。

工員たちはふんどし一つになって海に飛び込み、何人かで一つの機雷の真管を外す作業をし、真管だけを持ち帰った。そうすれば本体はもう爆発しないから、あとでゆっくり回収すればいい。

それでもそのとき、撤去作業中にやっぱりずいぶんと爆発してしまって事故を起こしたようだ。

引き上げて解体してみると、アメリカの機雷は細長い形をして、なんと磁石が内蔵されていた。船が近くを航海してくると、船から距離があっても磁石でスーッと吸い寄せられていくのだ。これは「磁気機雷」と言っていた。

日本軍は引き上げて分解し、こうした磁石が設置されていることに驚いた。

「ああ、これは……」

といって、さっそく製造を真似しようとしたけれど、もう遅かったわけだ。

液体酸素を動力とする水雷

しかし日本の技術も当時、世界的に相当高いレベルのものだったのだ。

終戦のあと、私は進駐軍が来る前に工廠を去ってしまっていたのだが、あとで聞いた話によると、アメリカの進駐軍は、舞鶴に着くと他の機械や工場には目もくれず、一目散に水雷工場に行き、水雷だけ、最高機密として持ち帰ったということだ。

水雷のエンジンを作る工場は、軍機工場といって当時でも最高機密の工場だった。軍機兵器は誰にも見られないように厳重に守られており、私たち将校も許可証がなければ入れなかった。その当時、ものすごく進んだ技術を研究開発して、すでに実用段階に入っていたのだ。

それは液体水素や液体酸素を使用するもので、いまでこそ液体酸素で動く自動車があるが、あの基礎となる技術を当時の日本はすでに実現していたのだ。水雷を液体酸素のエンジンで動かすというものだった。そんなことを可能にしたのは、世界広しといえども、当時は日本海軍だけだった。

アメリカの魚雷は、二〇〇〇メートルも移動すればグラグラになって沈んでしまう。それに比較して日本の魚雷は、だいたい一万メートルくらい先でも目標物に当てることができたという。一万メートルというとまっすぐに離しても海流の流れに左右されるから普通は当たらない。それに加えて船が進行する速度がある。自分の船と向こうの船の速度があり、進行方向がある。それらをすべて計算するのだ。一万メートル先まで進むには何分かかるか、その間にこの船は何ノットで走っているか、それを見極めて離すのだから一万メートルの距離というのは相当難しい。

なかでも精度が高かったのは四〇〇〇メートルから六〇〇〇メートルまでで、四〇〇〇メートルなら一〇〇パーセント正確に当てることができた。アメリカは「日本の魚雷はなんであんな遠いところから正確に当てることができるのか」と不思議がっていたという。

いまの自衛隊でもおそらくそれを改造して使っているのではないかと思う。使う、といっても、使う場面そのものがないと思うが。

文官の下士官たち

当初は兵隊たちも大勢いた舞鶴工廠だったが、戦局が激しさを増すと、前線に兵隊が必要になり、そちらに優先して送らねばならず、最後には軍人といえば将校だけになっていた。

私が担当していた製缶工場と動力工場にも三七〇～八〇人の工員がいたが、その工員を指揮するのは、大尉が私一人、中尉が一人に少尉が一人の三人。下士官が数人いたが、最後のほうはこれもみな前線に行っていなくなり、文官の下士官だけになっていた。

軍隊における〈下士官〉とは、士官（将校）の下の階級で、将校の命令を受けて、現場で実際に兵隊を指導したり統率したりする判任官のことだ。軍隊の指導部クラスではあるが、将校が試験を受けて最初から幹部として任用されるのと異なり、下士官は陸軍では一番下（陸軍では二等兵、海軍では三等水兵）から入って、叩き上げで昇格して、任じられるのが基本となっていた。

文官の下士官は、兵隊の武官とは異なるが、工員だった者が経験を積み、だんだんと上がってきて判任官待遇の技師になった者たちのことである。実際の工場の現場では、この文官の下士官たちがよく働き、工員たちをよくまとめてくれた。

突然「〇月〇日までに機械水雷を一万個作れ」とか、艦政本部からの命令が来る。その命令を下に下ろして工場で実際に水雷を作るのは工員だが、一人ひとりの工員がやる気を出してがんばってもらわなければ到底、期日には間に合わない。ところが徴用で来ている工員は若い者ばかりではない。西陣の織物工場の主人など、それなりに身分のある年配の民間人たちも来ている。表面上は頭を下げていても、心のなかでは命令に納得しておらず、機械を動かしているフリをして実際にはサボタージュだった、ということだってありうる。

そのためにも三〇〇人規模の工場の責任者になったときに、私は大尉に任命されたわけだが、肩書きだけでは人は動かない。なにしろこちらは若い。中尉や少尉はさらに若い。「若造がなにをエラそうに……」と反発されることなく、「あいつの言うことなら、聞いてやろうか」と、信頼されなければ人は動かせなかった。

そこで頼りになるのが、現場をよく知っているこうした下士官たちだった。

こちらが持っている権限は、工員に対する昇給・昇格の人事権だ。そこで一〇人ほどいたベテランの文官下士官たちの位をもう一段階上げて、特務曹長という将校と下士官の間の位にして、大阪監督管や金沢監督菅などの各主要都市にある海軍の出張所へと派遣し、その補充としてこれまで見てきた工員のなかで、古参であり、我々に協力的で、役に立ってくれそうなメンバーを下士官待遇として昇格させた。

そうしてこちらの言うことを聞いてくれる体制を作りあげたわけだ。

舞鶴空襲

私が舞鶴海軍工廠で最後にいた機雷の機械工場は、現在は日立造船の西舞鶴工場になっている。当時としては新しくできた工場で、面積も広く、毎日二〇〇〇人ほどの工員が働いていた。

後ろの山をくり抜き、空襲のときにはそこに入れるようにした防空壕があったが、結局、ほとんど使われることはなかった。

しかし一度だけ、舞鶴港と舞鶴海軍工廠が攻撃の対象になり、停泊していた駆逐艦一隻が撃沈したことがあった。このとき、女子挺身隊員・師範学校生徒など九七人が死亡している。いわゆる舞鶴空襲である。

昭和二〇年七月、朝八時、通勤途中の時間帯にアメリカ軍の艦載機がやって来て、バン、バン、バン、バン！　と機銃掃射をやられた。上空から地面を歩いている人間に向かって狙い撃ちするわけだ。その場に居合わすとたいていは恐ろしさで足がすくんでしまう。身を隠せるものがない時は地面にうつ伏せになるしかなかった。

ちょうど舞鶴工場の女子学生が並んで通勤してきたところで、おおかたは近くの防空壕に急いで逃げ込んだが、逃げ遅れた女子学生を含めて、何人かがやられた。

「自分の部隊、工場の人間が死んでないか、知った顔がないか、確認しに来てくれ」と言われて、亡くなった人を見に行った。

「知っている人がいたら言え」

と言われたが、私のところの工場では幸い誰もいなかった。

あの頃は下着に全部、自分の名前を書いていたから、すぐに身元がわかった。

機銃掃射は朝からその日の夕方まで、入れ替わりたち替わりで、一日続いた。

偉い、と思ったのは、そのとき、沖に停泊しており、撃沈した日本軍の駆逐艦だが、機銃掃射をしている飛行機に向かって、船が沈むまで、止めることなく最後まで機銃を打ち続け、対空射撃していた。自分の船が爆撃の標的になり、沈みかかっているのに射撃を止めなかった。

完全に沈んでしまってからは、泳いで船を脱出し、助けてもらっていたが、何人かは怪我をしていた。しかし偉いもので最後まで逃げず、船が沈みかかっているのにまだ空に向かって機銃を打ち続けていたのには感心した。

戦争のゆくえ

太平洋戦争のゆくえ、末路については、ここで詳しく述べる必要はないだろう。

真珠湾以降も、初期の頃は日本軍の優勢が続いていた。日本軍が真珠湾で披露した航空母艦による戦略を、英米はすぐに真似をして取り入れようとしたのだが、なかなかそう簡単にはいかなかったようだ。

空母に搭載される戦闘機・爆撃機は、まず陸上の基地から飛び出して行き、海上に浮かんでいる空母に着艦する。その後も海上で甲板から離艦し、戦闘を終えたあとだけでなく、ガソリン補給のための着艦などを繰り返す。

ところが海上を何ノットかで航行し、移動を続けている空母に離着艦するには、地上での離着陸と異なり、操縦士に相当熟練した飛行技術の習得が必要だったのだ。

自分の飛行機の速度と母艦が移動する速度を計算しながら着艦し、今度は車輪を逆回転させることで甲板に停止するのだそうだ。そのタイミングがうまくいかなければ、そのまま真っすぐ海に突っ込んだり、船上の構造物にぶつかって破損や火災事故を招いたりする。操縦士には相当高い技術レベルが求められる。

アメリカは航空母艦の製造にかけては、圧倒的な生産力で、追いつくのに時間はかからなかった。しかし、当初、操縦士たちのこうした技術の習得に手間取っていた。

しかしアメリカでは日本と違って民間の航空会社産業がすでに発達していたから、すぐに民間から熟練パイロットを募集するようになり、この点においてもほどなく追いつかれてしまったわけだ。

一七年のミッドウェー海戦での大敗以後、負け戦《いくさ》が続く日本は、一八年には日本海軍連合艦隊司令長官の山本五十六《いそろく》大将が戦死。南太平洋戦線（南方）も壊滅的打撃を受けて退勢となる。

ミッドウェーで多くの操縦士を失ったあとは、操縦士の養成が間に合わず、最後は、飛行機をとにかく飛ばせる技術だけを身につけた操縦士による「特攻」が行われるようになった。

昭和二〇年、「来るべき本土決戦に備えよ」、と号令がかかるなか、米軍による沖縄への上陸が始まる。沖縄では、島の南端まで追い込まれて自決した女子学生の悲劇など、民間人も巻き込む悲惨な地上戦となった。

海上特攻命令を受けて要塞となるべく、山口港を出港、沖縄へと向かった戦艦「大和」は、米海軍による魚雷一六発を受けて鹿児島沖にて撃沈した。

国策として植民地化を進め、多くの日本人が移民していた満州では、軍が先に撤退してしまい、多くの女性や子どもたちが取り残されて、ソビエト（ロシア）軍の進軍に遭った。

そして広島と長崎への原爆投下――。

日本は、無条件降伏し、八月一五日の終戦の日を迎えることになる。

八月一五日と一億総泥棒

昭和二〇年八月一五日のことは、事前にまったく何も知らされていなかった。

その日の朝、「本日一二時に天皇陛下の玉音放送があるから、各自、工場の事務所の前に集まって聞くように」、と言われただけで、「いったいなんの話や？」と聞いても、誰も何も知らなかった。

天皇陛下の声を聞くのは初めてだったから、そのことにもびっくりしたが、本部のラジオを拡声器を使って各工場に放送で流したわけだから、雑音がひどく正直、何を言っているのか、さっぱりりわからなかった。ところどころ「朕《ちん》……」と言っているのが聞き取れるぐらいだったが、それでもなんとなく、「あー、これは負けたんだな……」という感じがした。

それからしばらくはみな、放心状態だった。勝つことしか頭になかった。戦争に「負ける」などとは考えてもいなかったから、しばらくは実感がわかず、何も手につかず、くる日もくる日もただただぼんやりしていた。

しかし工廠では、それからが大変だったのだ。

とにかく工廠というところは、軍艦や兵器を作るために、ありとあらゆる物資がふんだんに集まってきていたわけだ。それまでは民間やあちこちの工場にあった物資を、紙切れ一枚で徴用して集めていたわけだから、物がなく物資不足に陥っていた国民の暮らしとは雲泥の差だった。鉄であろうが、木材であろうが、食料であろうが、それこそ、何でもあった。そして戦争に負けて、軍はコントロールを失った。

……一億総泥棒が始まった！

市民が工廠に、物を奪いに来たのだ！

はじめは、

「こら！　何をするか！　あかんぞ！」

と言って、いちいち蹴散らしていたのだが、よく考えたら、ここに置いておいても、どうせ金目のものは進駐軍がすべて持っていくだけだ。それならば日本人に持っていかれたほうがまだましなのでは？　と思い始めて、そのうち、

「やるよ。ほしかったら、持っていけ」

となってきた。

こうなると男も女もない。こういうときは女の人のほうがかえって強いと思う。走っているトラックを追いかけて行ってくらいつき、死に物狂いで積み荷を奪い取ると一目散に逃げて行った。

工場のなかに入ってきて、モーターを外して持っていくやつもいた。あれはおそらく高い値段で売れただろうなと思う。

復員

私たちは八月一五日以降も操業が停止した工場で残務整理を続けていたが、九月の半ばになると、部隊長から、

「お前たちはもういいから、ここを出て、早く家に帰れ」

と言われた。

アメリカ軍がやって来たとき、ここに残っていたら、なんだかんだと理由をつけられ、どこかへ引っ張って行かれてはたまらない、ということらしかった。あの頃は「沖縄行き」という言葉が常套句《じょうとうく》だった。

また舞鶴は地理的に北方とも近いため、ソビエト（ロシア）がやって来る、という噂も流れ始めた。ソビエト兵の攻撃に備えて、一時は連隊が編成されたが、その頃はすでに鉄砲がなかった。

どうやらソビエトがやって来る気配もなく、それで大佐の部隊長だけが残って、他の将校たちはすべて帰されることになった。

本籍地である京都まで、汽車に乗車できる券をくれて、「各自、これで帰れ」、ということだったが、私は家族がいて官舎に住んでいたから、当然、自分の身一つではなく、妻の荷物、子どもの荷物など所帯道具がけっこうあったので、どうしたものか、と考えていた。

九月の終わり頃になると、工廠のなかはほとんど人が残っていなかったが、地元の舞鶴に住んでいる人などで、まだときどき工廠に出入りしている工員さんがわずかにいた。そのなかの三人が、私が「京都まで帰るのに困っている」と聞きつけると工廠からトラックを借りてきて、

「大尉、家まで荷物を運びましょう」

と言ってくれた。

それから私の家財道具を全部トラックに積むと、家まで送ってくれた。

そうして荷物をトラックに積んで家まで運んでもらって帰って来たら、兄貴がそれはたいそう喜んで、三人を座敷に上げ、あの時分のことなので贅沢な食料はないけど、百姓をしていたから米だけはふんだんにあったし、庭にいた鶏を一羽つぶして、できる限りのご馳走を作って食べさせ、もてなしてくれた。

彼らは思わぬ歓待に喜び、またトラックに乗って帰っていった。私と同い年か、少し年が上ぐらいの人たちだったように思う。

これは性格だと思うが、私は身分や階級に関係なく、誰かれとなく、分け隔てなく付き合うほうだったので、工員さんにも親しくしていた人が何人かいた。

私を見て、真似をして同じように工廠からトラックを借してくれるよう交渉して京都市内に帰ってきた大尉もいた。

かわいそうだったのは遠いところから来ていた将校で、舞鶴にいた期間も短く、まだ少尉だったこともあり、助けてくれる馴染みもなく、長い間、荷物が外にほおり出されたままになっていた。

舞鶴での直接の部下には、中尉一人と少尉が二人いた。一人は名古屋の電機会社に籍があり、戦後は名古屋へ帰った。彼は学徒動員で来ていた奈良女子大の才女と結婚した。それからもときどき京都に来たときはうちに遊びに来たりしていた。

少尉の一人は長岡の人で、これはすぐに行方がわからなくなった。もう一人の少尉は戦後も長らくつきあいがあり、亡くなったあとも、奥さんがいまだにときどき電話をかけてくる。この奥さんは私の部隊の庶務をやっていた人だった。

それから、高専の一年後輩で、終戦ギリギリに大尉になった男（軍隊では最後に退職金のこともあって、ある程度の年数がきている人は、位を一ランク上げた）もいた。

舞鶴海軍工廠は戦後、民間の造船会社が引き継ぎ、昭和三八（一九六三）年からは日立造船傘下の造船所となった（※二〇一三年からはジャパンマリンユナイテッド）。

そのまま舞鶴に残り、日立に就職した工員さんたちも何人かいたようだ。

戦争と暴力

軍隊というところは暴力が当たり前の社会だったが、私は部下を殴ったことは一度もなかった。

抵抗できない相手を殴ることほど後味が悪いものはない。これが喧嘩ならば、お互いに対等であり、向こうもかかってくるから、こちらも本気でやるけど、軍隊では身分が上の者が下の者に対してはいくら殴っても、相手は一切抵抗せず、ただポカッと立っているだけだ。抵抗ができないのだ。それを一方的にやる、というのは相当後味が悪いものだ。

しかし、兵隊から上がってきた人のなかには、自分が下のときに上官から相当叩かれて、殴られて上に上がると、自分がされたことと同じことを部下にしてしまう人が確かにいるようだ。殴られたから、その「お返し」を、今度は部下に対して殴り返してやろう、という理屈のようだが、それは違うと思うし、悲しいことだな、と思う。

徴用で来ていた工員が一人、一度、脱走したことがあり、憲兵が連れて帰って来たこともあった。

本来なら、脱走として罪に問われるところだが、

「別に逃げ出したわけではないのだ。ちょっと用事があって帰っていただけなのだ。こちらで処分するから、連れて行かずにここに置いて、帰ってくれ」

と言って引き取り、助けたこともあった。

そんなこともあって、舞鶴から京都に帰るときにはトラックをこしらえてくれた工員さんたちがいたのかなとも思う。

退職金

復員する少し前、海軍工廠は舞鶴の富士銀行にあった軍の預金を全部下ろして、工員さんに退職金として、あるだけの金を渡した。

それでその次に、我々将校にも、「退職金を」、ということになったが、その頃にはすでに銀行はパンクし、すっからかんで現金が一銭も残っていなかった。そこで銀行が小切手を書いてくれた。三か月後に下ろせる、当時で六〇〇円の小切手だった。

小切手を持って実家に戻り、きっちり三か月後、銀行で小切手を渡して現金に替えようとすると、窓口で、

「現金は出ません」「この小切手はこちらで回収させていただきます」

と言われた。

「なんでやねん。舞鶴の富士銀行では、三か月経ったら下ろせる、と確かに聞いたぞ」

と言うと、

「それ以降に、マッカーサーの命令が出たんです」

と言われた。

戦後、しばらくして、軍人には退職金を出してはいけない、という指令が出たらしい。だから退職金はゼロだった。


終戦後、しばらくして、「所持している軍刀をすべて差し出せ」と国が言ってきた。

軍刀は、中尉の終わり頃になって海外への勤務などに備えて帯刀することになったものだった。お公家さんの家にあった古刀を、兄貴が米一俵と交換して買ってくれたもので、それに海軍式の鞘《さや》をこしらえて付けてもらった。相当な値打ちのあるものだったから、残念だった。はじめは隠していたのだが、

「隠していてもあかんらしいで。磁石を持って来よって、持って行かれるらしいで」と脅かされて、あきらめて差し出すことにした。

海軍から最初に支給された短剣のほうは、いまでも自宅にある。

軍人恩給は、三年以上が対象らしく、これはもらえるものだと思って喜んでいたら、少尉候補生だった期間は換算されないようで、計算すると、わずかに一か月か二か月足りず、結局、軍人恩給ももらえず仕舞いだった。

その後、ずいぶんと経ってから、今の防衛省から「ご苦労さまでした」とでもいうことなのか、銀杯が送られてきた。

それが唯一、将校をしていたことへの慰労、退職金の代わりということのようだった。

第二章　経　営

第二章　経　営

上賀茂

昭和二一年――。

終戦（昭和二〇年八月一五日）から一か月半ほどたった頃、私は妻と一歳になった娘と共に舞鶴から京都に戻り、上賀茂の実家にいた。

しかしその家には跡取りである上の兄が妻子と共に家族で暮らしていたから、私たち親子がいつまでも居候をするわけにもいかなかった。

ちょうどその頃、実家が所有していた借家の一軒が実家にほど近い場所、玄以町《げんいちょう》（北大路の烏丸車庫の裏あたり）にあったのだが、そこに住んでいた住人がそれまで勤めていた警察を辞めて鞍馬の田舎に帰ることになり、空家になったので、そこに入居することになった。そこでしばらくは百姓をして過ごしていた。

戦後の物がない時代で、特に食糧難の厳しい時世だったが、その点、田畑のある農家はありがたいことに、食べていくぶんにはなんとか困ることはなかった。農作業の経験のない妻は百姓はせず、もっぱら家のなかの家事と子育てにいそしんでいた。

そんなある日のこと、舞鶴工廠時代の上官（少佐）が、家まで訪ねて来た。この少佐はもともと名古屋の人で、私はその人の下で一年半ほどいたことがあった。この時、なんの

用事で京都まで来ていたのかは知らないが、とにかく家まで訪ねて来て、

「君、いま、何もしていないのなら、就職を世話しようか？　働きに出ないか？」

と言う。

私は戦前、高専を一二月で繰り上げ卒業した後、軍隊に入隊する前に、学校のあっせんで一応、日立造船（大阪鉄工所）に就職していた（実際に会社に行ったのは一月一〇日からの一週間だけで、軍隊入隊による休職扱いになっていた）。その頃も日立に籍だけはあったようなのだが、実態はなかった。

聞けば、京都の東山二条にある岡田伸銅《しんどう》所という工場が、製造技術がわかる人を探している。誰かいい人はいないかと人さがしを頼まれている、ということだった。

「それで、その、岡田伸銅所というところは、一体、何を作っている工場なんですか？」

と聞くと、銅板や、真鍮《しんちゅう》の板やコイルなどを製作している、という。

一度、行って話を聞いてみるだけでもいいので、行ってみないか？　ということだったので、どんなところか試しに訪ねてみることにした。

もと岡田伸銅所があった場所は、いまは確か、予備校か何かの建物になっていると思うが、ともかく東山二条にあった当時の工場へ行き、しばらく話を聞いていたら、即、

「ぜひ明日から、来てくれ」

と言われた。

終戦から一年ほどが経っていた。

岡田伸銅所

岡田伸銅所は、いわゆる旧日本軍指定の民間工場だった。

戦争中は軍の下請け工場として、軍から材料資材の銅が供出され、主に銅を加工して真鍮の板を作り、海軍に納品していた。海軍はこれを軍艦内の羅針盤等の計器を設置する場

所の床板に使用していたようだ。

昭和二一年当時、私が工場へ見に行くと、工場の隅にはおそらく真鍮板の原材料になるはずだった軍物資の銅線が、山のように積み上げられていた。

こうした民間の軍指定工場は、全国各地に他にもたくさんあったのだろう。


それで岡田伸銅所は、大量にあったその軍の物資である銅を溶かしては銅板や真鍮板、コイルなどの部品を作って、当時稼働を始めたばかりの工業製品の工場に売りさばいていた。戦後の復興の時期で、工業製品の生産には需要があったから、いくらでも買い手があった。


特に大口の受注をしていたのがお寺の大きな吊り灯籠だった。

京都はもともと伸銅産業がさかんな土地柄である。お寺が多く、灯籠や仏具生産の需要があったからだ。

岡田伸銅所には以前から吊り灯籠の制作に経験があった職人がおり、本願寺の大きな吊り灯籠を作ったことが始まりで、その後もいくつかこうした大型の吊り灯籠を手がけていたようだった。

「明日から来てくれ」と言われた頃の岡田伸銅所は、まさに「仕入れなしの売り専門」で絶好調の仕事をしていた時期だった。なるほど多くの人手が必要なはずだったのだ。こうして私は岡田伸銅所の社員として、しばらく働くことになった。

岡田伸銅所の倒産

一年ほど、岡田伸銅所で伸銅の仕事をしていた。

ところが昭和二二年に、政府内に「特別調達庁」が公法人として設置される（占領下における連合軍関係の設営工事の契約・連合軍需品の調達・調査などが主な役割で、昭和三七年からは防衛施設庁となる)。そこの決定で、「戦争中に民間の工場に供出していた軍の材料資材は、すべて国に返還するように」、という指示が出された。

さあ、それからが大変だった。昭和二四年、いよいよ国の役人が工場に現地調査にやって来た。

「この工場には、記録によると、これこれの量の軍の物資があったはずだ。これは国に返還してもらう必要があるが、それはどうしたんだ?」

と言ってきたのが、そのときすでに岡田伸銅の工場には軍の物資であった銅線は、影も形も、何一つ残っていなかった。

状況を把握した特別調達庁は、今度は、「現物を現金に換算して、返済するように」という決定を下した。相場からすれば相当に安い価格ではあったし、インフレで貨幣価値も変動していたから、それは決して無理難題ではなかった。さらに国民が生活に困窮している状況もよく知っていたから、罪に問うことはせず、あまり無茶なことも言わず、とにかく、「分割でいいから、返せ」というわけだった。

しかしそれまで仕入れなしの売り専門で一年以上やっていた岡田伸銅所の経営にとっては、それは間違いなく大きな打撃であった。何回かは、決まった額を支払っていたようだったが、そのうちに払いきれなくなって、昭和二五年、岡田伸銅所は倒産してしまった。そして大手であった古河電工に助けを求めることとなった。

古河電工

この当時、京都には伸銅会社としては、西川伸銅、三谷伸銅、そして岡田伸銅、と三社があったが、それぞれ社名や業態が変化し、現在につながっている。

岡田伸銅所も、機械と工員が古河電工に買い取られて、古河電工の子会社になった。伸銅という仕事は装置産業で、薄い板を作るためのプレス加工など、さまざまな加工をしたりする機械装置が前提として必要で、設備投資にまず莫大な資金がかかる。銀行から資金を借り入れ、機械を揃えなければならない。それで今度はやっと、原材料の銅の塊を買うわけだが、ここでまた大きな資金が必要となる。民間の小さな伸銅所には担保がなければなかなか品物を売ってくれない。それを仕切っているのが旧財閥だった。

結局、大手財閥の系列に吸収されていくしか中小工場が生き残れる道はなかった。古河の子会社になったとたん、それまではそっぽを向いていた銀行が、快く融資をしてくれるようになった。

こうして岡田伸銅所はその後しばらくは古河電工の子会社として、東山二条の工場で操業を続けることになり、私はこの会社の営業部長と取締役をすることになった。

しかしその後、五年ほど経って、経営合理化に迫られたとき、もともとこの東山二条の辺りは工場地帯ではなく、すでにある既存の施設は仕方がないとしても、工場を拡張したり、新築することに対しては建設の許可が下りず、それ以上の発展がここでは望めないという事態に直面した。

昭和三〇年、工場は尼崎にあった古河電工の工場に吸収合併されることになり、従業員はみな尼崎へ移転して、古河電工の社員になることになった。

このとき、岡田伸銅所時代から働いていた人は、ある人は退職し、ある人は古河電工の社員として尼崎の工場に移籍することになった。

起業

実は私はその少し前から、古河の子会社になった岡田伸銅所を辞め、岡田伸銅所から品物を買いつけて他に売る、という問屋業を始めていた。

そんな私にも、「古河電工の社員として、尼崎に行かないか？」という誘いの声がかかった。

「行かない」と言うと、「なぜ、尼崎に来ないんだ？」と、古河電工の人事の担当者に

言われたので、

「すでに伸銅の問屋の商売をやっている。岡田伸銅所がなくなったら仕入れるところがなくて困るので、うちを古河の問屋として、品物を売ってくれないだろうか？」

と頼んだ。

すると、人事の担当者は、

「自分一人では決められないから、一度東京まで来てくれ」

ということになった。

そこでとにかく東京へ行き、伸銅事業部長に会って、直談判した。

「うちを、おたくの問屋として認めてくれ」

と頼んだ。すると、すでに古河の品物を扱っていたという実績もあり、古川電工の京都の問屋として、端くれにおいてくれることになった。

古河の問屋は関西には当時、大阪と神戸を合わせて七、八軒あったが、京都にはまだ一軒もなかったからかもしれない。同業の伸銅所がその頃の京都には数軒あったが、古河の問屋はなく、私のところが初めてだったのだ。

朝鮮特需

しかしいずれにしても、私が商売を始めたこの時代は、敗戦直後の物のない時代を経て、日本経済が昭和三〇年代から始まる高度経済成長に突入する前夜で、品物さえあればいくらでも物は売れる、いわゆる売り手市場の時代であったことも事実だった。

需要はあるが、それを支える物資がまだ潤沢ではない。市場ではあらゆる物が足りず、常に不足している慢性的モノ不足状態が続いていた。

おまけに昭和二五年から昭和二八年までは、朝鮮半島で南北朝鮮の戦争が勃発し、この戦争によって米軍から日本企業への受注生産が急増し、景気が急上昇した。

いわゆる朝鮮特需である。経済は右肩上がりの成長を遂げていた。

「物さえ手に入ったら、あとは確実に売れる」

なによりも、そんな時代の潮流の後押しがあった。

いまの時代にように、世の中に需要よりも物が多く溢れていて、買うのは簡単だが、売るのが難しい、物が売れない状況とはまったく逆の時代だったのだ。

京都黄銅株式会社の設立

昭和三〇年、京都黄銅《おうどう》株式会社を正式に設立した。

創業当時は、私と相棒の若い男の子、二人での旗揚げだった。

場所は東山区鞘町《さやまち》。現在、本社の建物がある場所だ。

もともとそこには日本家屋の一軒の米屋があった。その軒先を借りて伸銅品を主体とした卸売業を始めたのが京都黄銅のスタートだった。

鞘町がある七条界隈は、かつて、鴨川のちょうどいまの七条大橋の辺りに船着き場があって、伏見への運搬の便がよく、それで木材屋や材料を加工したりする小さな工場がたくさん集中していたようだった。また江戸時代には、鞘町の名前のいわれとなった刀剣の鞘をつくる鞘師の職人たちが住んでいたまちのようでもある。

私が創業した昭和三〇年頃にはそうした輸送の景観はすでに姿を消していたが、ものづくりの、何かしらの空気というものがこのまちにはあった。

米屋への家賃は月五万円。その当時は社員の給料が月八〇〇〇円から一万円という時代だったから、月五万円の家賃は結構な金額だった。最初はそうして賃借していたのだが、そのうちに「出ていくか、買い取るか、どちらかにしてほしい」と言われるようになった。

そこで兄貴に保証人になってもらい、当時の富士銀行から三〇〇万を借りて、八〇坪を二〇〇万で購入した。

昭和三三年、銀行融資の始まりだった。

仏具から工業製品へ

創業当初はやはり、お寺の仏具関係の材料の仕事が多かった。

当時の十条通りにはたくさんの小さな伸銅所が並んでおり、問屋が五、六軒あった。みんな親子で商いをするような小規模のところばかりだったが、職人さんがお寺の鐘や灯籠などの仏具をつくるのに真鍮の板を買い求めに来ていた。

そのうち、衡器《こうき》（はかり）を作っている会社へ、はかりの上皿部分の材料を供給する仕事を手がけるようになり、その頃からぼちぼちと工業製品の需要が増えるようになってきた。

最初は岡田伸銅所時代に付き合いのあったところが中心に商いを広げて、買ってくれる工場を探しに営業に回るようになった。

ところがその頃になって、かつて海軍にいたこと、それも舞鶴に四年間いたことが役に立つようになってきた。

工廠時代の人つきあい

というのも舞鶴海軍工廠に来ていたのは、ほとんどが京都の人だった。そのなかには経営者の息子でその後会社の跡を継いでいたり、民間会社の役員になっているような人もいた。また工員さんで徴兵されて工場で働いていた人でも、長い間いるとそれなりに位があがり、技術も身につく。そういう人は戦後、京都に帰ってからもそうした技術を活かして商売をしたりしていた。自分で会社を起こしている人もいた。

営業に行くと、ひょいと海軍時代の知り合いに出くわす、というようなことが増えていった。

営業に行った先で、

「あれ？　中嶋大尉！　こんなところで、何をしてはるんですか？」

と言われて、いやー、こうこうで、と説明すると、

「わかりました」

と言って、上司に口をきいてくれたことや、

「それなら、ここへ行かれたらどうですか？」

と営業先を紹介してくれることもあった。

特にどうということはないが、京都というところは義理堅いところがあり、飛び込みの営業ではなく、誰かの紹介だと、身元を調べたりすることもせずに、比較的スムーズに取引を開始してくれるようなところがある。まして紹介してくれた人に信用があればなおさらで、「この人の紹介だから大丈夫」というところがあるのだ。

こうした人脈には、ずいぶん助けられた。

非鉄金属を扱う京都の上場企業のあちらこちらで、海軍時代の知り合いに出会った。そこからまた知り合いを紹介してもらって、徐々に取引先が広がっていった。

大手企業との取引

私には、仕入れ先にしても、売り先にしても、取引先はまず大手から攻める、という考えがあった。子会社というものは、親会社の仕入れ先から品物を買う。親会社に品物を納めるわけだから、材質に文句を言われたら困るからだ。そこでまず親会社と付き合いができると、子会社とはわりと簡単に取引できるようになるものだ。

当時、どうしても取引を開始させたい、うちの品物を仕入れてほしい、と思っていた配電盤を作成している大手企業があった。しかしその頃、すでにいくつかの子会社をもち、仕入れ先も確保していたから、最初はなかなか相手にしてもらえず、簡単に取引を開始してはもらえそうにはなかった。

会社にはそれこそ日参で、何度も何度も足を運んだ。

何度か通ううちに、やがて親しく打ち解けて、人間的に信頼してもらえるようになると、うちの品物を買ってくれるようになった。最初の取引そのものは大きくはなかったが、しばらくすると、系列の子会社からの取引が開始し、件数がぐんと増えた。

大手電子部品メーカーとの取引が始まったのは、昭和三〇年代だった。創業者が直接、自分自身で買い付けに来られた。その頃はまだ円町の電気屋さんの倉庫を借りてやってられた頃だった。

こうしてだんだんと取引先の数を増やしていった。

昭和四〇年、資本金を三〇〇万円に増額、四〇年から正式に古河電工の特約店契約を締結し、古河の品物が安定して手に入るようになると、同社製品である電線、伸銅品、アルミニウム、特殊加工品などの取り扱いが始まった。

従業員は宝

一緒に事業を始めた若い男の子は、ものすごく機転の利く、頭のいい子だったが、二年後に福知山に居を構えて、自分で会社をやり始めた。実家は祇園のお茶屋さんで、そこの息子だったのだが、母親の里が福知山だったらしい。しかし、無理をしすぎて身体を壊してしまったのか、早くに亡くなった。

最初は社員といえば、私とその彼のたった二人きりだったのが、毎年順調に売り上げが増えていき、そのたびに従業員を増やしていった。一人が受け持てる守備範囲は売り上げでいうと月五〇〇万円ぐらいだったので、売り上げの増加に従って人員を増やしていき、担当を割り振っていった。

新しい社員を雇うと、どういう製品にどういう材料が必要か、銅板それぞれの定尺など、基礎的なことを覚えてくれるまで少し時間がかかる。しっかり仕事を覚えてもらうためにも、いったん入社したら六〇歳の定年までいてくれて、それで次の新しい社員と交代するようになると、会社全体が回るようになってくるように思う。

三〇歳ぐらいから入社して、六〇歳の定年までいてくれた古い人がこれまでに二人いた。二人ともどこか他所に勤めていた人で、うちの経理士が「仕事を探している人がおるんやけど」と紹介してくれて「ほな、連れてきて」というなりゆきでやって来た。社員はそういうかたちでの紹介が多かった。経理士はあちこちの経理をみているので、どこにどんな人がいるのかよく知っていた。

会社立ち上げの創業の頃は従業員の人数も少なかったし、仕事が終わったあと、よく一緒に食事をしたり飲みにも行った。正月はわが家に呼んだりもした。そういう時代でもあったのだが、特に家族ぐるみのお付き合いを大事にしていた。

うちの事務所にいた女性と結婚した従業員もいて、しばらくは夫婦二人で勤めに出て来ていた夫婦もいた。

小さな会社だから、大きな企業への勤め先が見つかれば辞めていく従業員もいた。その逆もあった。

女の人はあまり代わらず、いったん勤めるとずっといる傾向がある。それに比べて男性は若い人ほど、次にいいところがあると代わりやすい。自分たちも同じことをやってきたのだから、それは仕方がないことだと思う。

会社に対する執着心や、昔でいうところのいわゆる「愛社精神」などは、いまはどんどん薄くなってきていると思う。

こうして古河電工傘下の正式な特約店になった昭和四〇年の時点で、従業員数は一〇人になっていた。

売り先の確保と在庫管理

この仕事は、材料の売り先（取引先）をどれだけ確保できるかが勝負だ。それさえ確保できれば、非鉄金属は他の商品に比べて高価なものだけに、単価が高い。当然、利益率も大きい。

一トン当たり五〇～六〇万円だ。だいたい一〇〇トン単位で売買しなければ問屋とは言えないから、在庫だけで約二億円ぐらいの価値になる。

在庫の材料を、何も加工せずにそのまま売れば、利益は一割を切るぐらいだが、ほとんどはある程度のサイズにカットしたり、なんらかの加工をする。それで二割～二割五分ぐらいの利益が取れる。切ると残材と粉が出るので、その分をある程度かぶせるわけだ。買うほうにとっても、少々割高でも、必要な分だけ買えるわけだから、そのほうがロスがなくてすむ。

カットや穴あけぐらいのある程度の加工まではやる。問屋によっては旋盤機を購入して、さらに細かい加工までやるところも増えている。材料だけだと相当大きな売り先を確保していないとペイしないからだ。

いまは物のほうが溢れている時代だから、買いは楽だが売るのが難しい。どの業界でも同じで、この業界でも同じことが言える。

しかしありがたいことに、一般社会ほどの厳しい競争はない。というのは伸銅メーカーというものが、もともと数がそんなにたくさんないからだ。

この十条通りにはかつて十軒ほどの伸銅所があった。だけどいまは一軒か二軒を残して、すべてなくなった。つぶれたり、廃業してしまった。残っているのは財閥の系列の大きいところがほとんどだ。

信用と融資

売り先の確保と同時に重要なことが、銀行からの融資を確保することだ。問屋業としてはこの二つの条件が必須なわけだが、最初は銀行も誰彼なしには金を貸してくれないから、いかにして信用を築くか、だ。

それにはまず約束した期日を必ず守る。決められた日に必ず支払い、つまりお金の入金する。それを何回か繰り返すうちに信用が増していく。

仕入れも、売りも、一番大きいところと取引することが大事。

古河電工の特約店になれたことは大きかった。

メーカーが生産したものを、問屋は売れても売れなくても、いったん在庫として抱えて、それを売っていく。在庫として購入したものの代金をメーカーに支払うわけだから、問屋はメーカーの金融を支える役割を果たしていると言える。

そこで問屋は、銀行がいくらお金を貸してくれるかが勝負だ、となるわけだ。仕入れてきて、売りがなければそのまま在庫品になる。メーカーには銀行から借り入れして代金を支払う。売れたら銀行にぼちぼち返していく。その繰り返しだ。

銀行からは借りっぱなしにする。返済なしで利息だけを支払い続ける。そうすれば常に手元に運転資金があることになる。ちょっと余裕ができたら一時返済する。でも融資の枠があるから、必要なときはまたいつでも貸してくれる。

銀行からお金の借りずに自己資金だけでやれたらもちろんそれが一番いいが、それは無理な相談だ。

銀行はよく知ってるから、初めは担保を入れてくれ、と言うが、信用がつけばあとは担保がなくても貸してくれる。この社屋の建物を最初に入れたきりであとは担保なしだ。そのかわり決算書を毎回提出する。それでやっと決済が下りる。

資金繰りに関しては以前に比べるとずいぶんと楽になった。

妻の内職

家内には創業の頃、ずいぶんと苦労をかけ、家計を助けてもらった。というのは私が給料をなかなか家に持って帰らなかったからだ。

会社を始めた当初はまだ銀行もなかなか資金を融資してくれないし、運転資金が足りないから、入ってきた金はすべて社員さんの給料の支払いや原材料の購入費用などの運転資金として回転させていた。社長としての自分の給料は取らないことが多かったのだ。

給料が入ってこないから仕方なく、家内は近くにあったレース会社からレースの裾を裁断する仕事を請け負って、家で内職を始めた。

初めは自宅で自分一人でやっていたのが、そのうち仲間を集めて、五人分、六人分の仕事を取ってきて、その元締めとしてレース会社からの請け負い仕事を人に采配してやるようになった。

家内はどうも何か、人を使うのがうまかったらしく、近所の奥さん連中を何人も集めてきては大々的に内職をあっせんしていた。

夜、仕事が終わって私が家に帰ると、家じゅうにレースが広げられており、何人もの近所の奥さんが手分けして作業していた。そんなに長期間ではなかったが、そんな時期もあった。

戦後からずっと親父からもらった玄以町の家に住んでいたのだが、現在の自宅を建てて移り住んだ頃からは会社の経営もなんとか軌道に乗るようになって、順調に給料が出るようになり、家内の内職も終わった。

黒字の経営

おかげで経営はずっと黒字で推移させてきた。

大きな黒字ではないが、それでも毎年黒字で推移してきた。損益分岐点は月の売り上げ七〇〇〇万〜一億前後。ゲーム機器製作下請け会社との取引があったときは月の売り上げが一億二〇〇〇万ぐらいあったが、それがなくなってから、一億を切るようになった。

一度わずかな赤字を出したことがあって、正直に税務署に申請したら、「これぐらいの赤字ならなんとでも処理できるのに。ずっと黒字にしておくほうがいいのに」、と逆に言われてしまった。

現在は社長をしている次男と経理を担当している次男の妻の夫婦二人を含めて、従業員は二〇人になった。得意先も増え、現在は二〇〇社ぐらいと取引している。

近年、受注が多く、よく売れているのはアルミ板、真鍮板。それから半導体だ。

社長はいまから一八年前、私が八〇歳になったときに息子（次男）に譲り、それ以降は会長職に就任した。

いまは一週間のうち、水曜日を除く四日間、会社に出勤している。

経営のこれから

七〇年間、この仕事をしてきたが、うちの仕事の基本は、素材を売ることだ。

世の中に「ものづくり」の経済活動と、ものづくりをする会社がある限り、素材は必ず必要だし、素材を供給する仕事はなくなることはないと思う。

これからの時代にどんなものづくりが行われるか、どんな素材が必要とされるかは、時代によって変わっていくだろう。しかし、たとえどんな時代であっても、真鍮やリン青銅などの銅の合金はあらゆるものづくりの基礎になる金属なので、需要がなくなることはないと思う。

その時代に何が必要になっていくのか、これからの時代にどんなものづくりがされるのか、〝見極める目〟をもつことが、最も大切かなと思う。

第三章　家　族

第三章　家　族

Ⅰ　戦前の暮らしと家族

幼少期――五番目の息子

大正一〇年五月二一日、私は父・米次郎、母・うたの第五子として生まれた。

生家は上賀茂にあり、植物園の裏にいくつかの田畑を所有する農家だった。長女・ちゑ、長男・巳太郎《みのたろう》、次女・よね、次男・清次郎、の下、三男二女、五人きょうだいの末っ子だった。

跡取りの兄（巳太郎）と私の年齢差は二二歳、二番目の兄（清太郎）とも二〇歳、離れていた。私は両親が共に四〇歳をいくつも過ぎてから、晩年にできた子だった。ものごころついた頃には、姉の二人はすでに結婚して、家を出ていたようだ。ちなみに姉の子どもと私は、小学校の同級生だ。

二番目の兄は二商（京都市立第二商業学校）を卒業後、京都市の交通局の経理部に勤めていたが、分家してこれもすでに家を出ていた。何軒か所有していた家のうちの一軒をもらって住んでいたようだ。

つまり私が幼い頃、四人の兄や姉たちはすでに成人したり、結婚したりしており、遅く生まれてきた私は、家のなかでは実際には一人息子のようにして育った。

二三歳離れた兄、六歳違いの甥

記憶にある幼い頃の思い出は、跡取りである長男の兄が二年間の兵役を終えて、ちょうど軍隊から家に帰ってきた頃から始まっている。

兵役から帰ってきた兄はすぐに嫁さんをもらって結婚をし、子どもが生まれた。

兄の子なので、実は私とは叔父と甥の関係にあたるわけだが、私とこの男の子（甥）とは年が六歳しか離れておらず、そのため私を兄のように思っていたのか、どこに行くときも後ろをついてきた。私はやんちゃ坊主で近所でも評判のガキ大将だったから、その子は私のことを「あにき、あにき」、と呼んで、ずっとあとをくっついて回っていた。

家のなかはすでに兄の代になっていた。年老いた両親は、私に関しても家のなかのこと全般に対してもほとんど口を出すことはなく、実際にはこの長兄が家長として、父親のような存在だった。

殴るなら殴れ！

幼い頃、そんな父親代わりの長兄は軍隊から帰ってきたばかりで、その影響かどうしても短気で、誰に対してもすぐに頭ごなしに怒鳴りつけることが多かった。そんなとき、

「もう一回、兵隊に行ってこい！」

と言い返していたことを覚えている。

長兄が乱暴なのは口だけに収まらず、当然、腹がたつとすぐに手を上げて、家族に殴りかかってきた。

軍隊は入ると最初、二等兵のうちは、上から理不尽に殴られ、蹴られて毎日を過ごす。

それで一年経って一等兵、二年経って上等兵、と上へ上がっていくと、今度は自分も下に暴力を振るうようになる。軍隊から帰ったあとはみんなそうなるようだった。

あるとき、兄貴がまた何かで怒って、大声で怒鳴りながら殴りかかってきたので、思わず、

「殴るんやったら、殴ってもええぞ！　そのかわり、仕返しはお前の息子にしたるからな！　あとで、こいつのことをどついたるからな！」

と言い返したことがある。

実際にそんなことをするつもりは毛頭なかったが、兄にしてみれば、何か思いあたることがあったのだろうか、それからは手を上げなくなった。

ガキ大将

家の近所には柿の木がたくさんあった。近所の子どもたちを引き連れて、先頭に立って

柿の木に登ると柿をむしり、今度はその柿の実を抱えて、うちの家の大屋根に上がり、屋根のてっぺんに腰掛けて柿を食べた。大屋根の上からは、はるか遠くまで見渡すことができて気分爽快だった。

そこに兄貴が田んぼから帰って来て、屋根の上に子どもが上がっているのを見つけると、

「こらっ！　そんなところで何をしてる！　そこから降りてこい！」

と怒鳴った。

それでも降りずに知らん顔をしていると、

「降りてこんか！」

と、こっちに向かって虫食いの青柿を投げつけてきた。これにはたまらない。当たったら痛いので、あわてて屋根の反対側にまわって身体を伏せ、兄貴がいなくなるまでじっとしていた。「もう行ったか？」と頭を上げたとたん青柿が飛んできたりして、みんなで笑いころげた。

うちの親父もお袋も、すでに子どもたちが何をしても怒る、ということはなく、ただ黙って見ているだけだった。

「今日はイチゴ狩りをしよう」

と、他所の家のイチゴ畑に入りこんで、みんなでイチゴを食べて叱られたこともあった。あるときはトマトだった。近所じゅうの子どもたちを引き連れて行くからけっこうな人数がトマトを手当たり次第食べた。その家のおっさんに見つかってこっぴどく怒られた。

周囲は百姓家ばかりだったから畑はいくらでもあった。それが全部、子どもの遊び場だった。自然は豊かで遊ぶ場所には苦労しない。近所の子どもたちも、親はみんな農作業で忙しく、子どものことにはかまっていられなかった。いまとは違って、遊ぶ時間も空間も仲間もふんだんにあり、子どもにとっては遊び放題の天国だった。

親父もお袋も兄貴も、朝から晩まで田んぼに行って家にはほとんどおらず、家にいるのはお婆さんと子どもだけだった。お婆さんは昼ご飯を作って食べさせてくれた。しかしご飯を食べ終わるのが早いか、また外へ飛び出して行く毎日だった。

日中はほとんど外で遊んでいた。

こづかい

近所の子どもを集めては、チャンバラごっこに兵隊ごっこ、メンコをしたりして遊んだ。一番記憶に残っているのは、こづかいのことだ。

お袋がくれる。親父がくれる。実家に帰ってきた姉二人がくれる。子どもの頃、私はけっこう、金もちだった。

とは言っても決して大きなお金ではなかったのだが、もらった五〇銭銀貨や一円札を空き缶に入れて、こっそり貯めるのが楽しかったのだ。

それにあの当時は、「これをあそこまで届けてこい」とか、「〇〇を持ってこい」、とか子どもが大人に用事を言いつけられて、いわゆる〝おつかい〟をすると、ちょっとした「駄賃」をくれるのが通例だった。駄賃はだいたい一銭。これも缶のなかに入れた。缶はじゃらじゃらと音を立ててどんどん重くなっていった。

一銭をもらうと、そのまま駄菓子屋へ行くこともあった。飴を買い、遊びながら食べるのが楽しみだった。

親父はちょうど八〇歳で亡くなった。お袋はそのあと、もう少し長生きしたが、中風《ちゅうぶう》になって半年ほど寝込んだあと、八二、三歳で亡くなった。

長男の兄・巳太郎は九九歳まで、二男の兄・清次郎も九五歳まで生きたのち、亡くなった。

私は今年、九八歳なので、長寿の家系なのかもしれないなと思う。

上賀茂小学校から中学校受験

昭和元年、上賀茂小学校に入学した。

学校の成績のことはあまり覚えていないが、二年生のときには先生から「級長になれ」、と言われて級長をやっていたこともあった。

小学校は一学年一五〇人ほどで、四五人の組が三組まであったが、五年生のときに組み分けがあって、一組は男子ばかりで中学校を受験しないクラス、三組は女子ばかりで女学校へは行かないクラスで、二組が男女半々の中学校受験クラスに分かれた。このクラスは先生が少し補習をしたりしてくれた。

三中（府立第三中学校）へは二組から私のほかにもう二人が受験した。そのうちの一人は、宝ヶ池の演習林を管理していた人の子どもで、もう一人は、私の姉の子（甥）だった。この三人が三中を受けに行った。

結果、私ともう一人は受かったが、残念なことに姉の子は落ちてしまった。この同級生の姉の子（甥）はよほど悔しかったのか、かわいそうに泣いて泣いて、なかなか泣き止まなかったらしい。親戚であるだけに、私だけが合格したのはちょっと気が悪く、しばらくはその子と顔を合わせるのがつらかった。

彼は高等科に二年行ったあと、あと三年、師範学校へ行った。

二組からはほかに一中に行った人が一人いた。女子では府一（府立第一女学校）へ行ったのが一人か二人いた。あとは裁縫や手芸などを教える私立の女学校にも何人か進学していた。男子の何人かは私立、りっちゃん（立命館）や、どうやん（同志社）にも行った。

結局、旧制中学校に入学したのは、進学組のクラスから三中が私を含めて二人と、一中が一人、計三人だけだった。二商へ行ったのが一人。あとは私立だった。

もっと以前は小学校を出ると、高等小学校へ二年行ってそれで終わりだった。うちの長兄も小学校しか出ていない。それがだんだんと時代が変わってきて、中学校へ進学する人が増え始める時代だった。

それでも学年のなかで、男子の旧制中学校への進学は三人、女子の府立女学校が二人、私立を含めても進学したのは一〇人ほどで、一般的には小学校を卒業したら、丁稚奉公に行くのがまだまだあたりまえの時代だった。

兄はさっそく、三中の帽子を買ってくれた。

軍事教練

こうして昭和九年、一四歳で三中（京都府立第三中学）へ進学した。

昭和一二年に支那事変が起こって、日中戦争が始まると、日本は戦時色をどんどん強めていった。三中の教師たちも次々に徴兵されて教壇からいなくなっていた。

旧制中学の二年生からは毎週のように軍事教練があった。軍事教練は、数学や国語と同様、正規の学科であり、おまけにこの成績は軍隊に入ったときもずっとついてまわった。

三中へは少佐と准尉と二人が配属将校として派遣されて来ていたが、実際に教練を行うのは准尉のほうで、少佐はそばで見ているだけだった。

軍事教練は二年、三年のあいだは「オイチニ」と行進するぐらいがせいぜいで、歩兵の基本を習うものだった。

四年、五年になると年に一回か二回は鉄砲を担いで円町辺りにあった演習場まで行き実弾射撃の演習をした。射撃場で一〇〇メートルぐらい先の的をめがけて実弾を打つのだか、なかなかそう簡単に当たるものではなかった。また打ったときの射撃の反動もすごかった。

練習用の空砲を一人につき五発もらって、休憩時間にあまった空砲で畑のなすびを打ったりして遊んでいた。当然、見つかって怒られた。紙でできた空砲は一メートルぐらいしか飛ばないが、命中すればなすびぐらいは弾けて飛んでしまう。空砲は発射するときパーン！ という軽い大きな音がして、身体に当たってもそこそこ痛かった。

旧制中学校の四年生と五年生のとき、海軍兵学校、陸軍士官学校の受験の機会があった。四年生のときに受けて受からなくても、五年生にもう一度、チャンスがあった。三中の生徒も半分ぐらいが受けていたが、これは各中学のトップクラスの成績でないと合格できない、かなり狭き門だった。

軍事教練は中学校以上にあり、ほぼ同じような内容の訓練が、専門学校へ行っても、大学へ行ってもあった。専門学校・大学での軍事教練へは大佐が来ていた。

福井高専へ

三中を五年で卒業し、一九歳になり、高校（現在の大学）受験の時期になった。

私は福井高等工業高校（現在の福井大学）、と、彦根高等商業学校（現在の滋賀大学）を受験したが、滋賀大の試験は漢文の成績がさっぱりで、不合格だった。

福井高等工業高校は受験科目が数学と物理と国語だったので、合格することができて、福井に下宿することになった。

下宿は一階に大家さんが住んでおり、二階に六畳一間が三室ほどある学校の指定の下宿屋で、朝と晩は食事を食べさせてくれた。学校から一五分ぐらいの場所にあった。

昭和一六年、三回生の夏休みのことは、いまでもよく記憶に残っている。京都の実家にも帰省したが、福井に戻ったあと、学友たち数人で三国海岸に海水浴に行った。海で泳いだり、海岸で飲んで騒いだりして、学生生活最後の夏休みのいい思い出になった。

そして二学期が始まると、繰り上げ卒業が決まっており、誰もがみな、戦争へと押し流されていった。

II　戦後と家族

妻のこと・子どものこと

家内・よ志子とは、舞鶴海軍工廠にいる時代に結婚した。大正九年生まれで、年は私よりも一つ上だった。彼女は伊根から舞鶴まで船で毎日魚を運んでくる船長の娘だった。舞鶴にお花などを習いに来ていたところを、私が見初めたのだ。

戦争中のことなので、結婚式、といっても、自宅の座敷にそれぞれの親戚が集まり、一緒に食事をしただけの結婚式だった。

苦労をかけたことも多かったが、明るく、気丈であり、あまり苦労を苦労とも思わない性格にずいぶんと助けられてきたな、と思う。


家内は今から二五年前、七四歳で亡くなった。大腸がんだった。


長女・加代子は昭和一九年生まれだ。舞鶴海軍工廠の水交社の官舎で生まれた。社交的で誰とでもすぐに仲良くなり、たくさんの友達がいた。

ノートルダム女子大学へ進学し、在学中、旅行先で早稲田の理工科を出た男性と親しくなって結婚し、東京の百合丘《ゆりがおか》に住んでいた。

長女の夫は複写機器製造販売大手企業の研究所に勤務、子ども（男の子、いまは五〇歳）

が一人できたが、加代子は三〇代のときに腎臓を悪くして、早くに亡くなってしまった。その後、婿は再婚し、娘が二人できた。定年で退職し、最近まで交流があったが、今年五月に亡くなった。

長男・一雄は昭和二一年、次男・俊二は昭和二二年生まれ。二人とも戦後、復員してきてから、玄以町で生まれた。

長男は社交的な性格で、これも友達がたくさんいた。学業成績が優秀で紫野高校では一番の成績だった。京都大学に入ってからの学生時代もいつも家に帰ってくるのは遅かった。

次男は、長男よりもおとなしくてまじめな性格だった。どうやら勉強はあまり好きではなかったようだが、威張ったり、偉そうにするようなところがなく、優しくて性格はいい。兄のほうが弟よりもどちらかといえば、小さいときからやんちゃだった。

子どもたちは三人とも、小・中・高と小山の玄以町の家で大きくなっていったのだが、長女と長男の年齢差が二歳、長男と次男が一歳違いなので、三人が揃って大学へ行く年齢になった。

子どもたちがそこまで大きくなるとさすがに玄以町の家が手狭になってきて、現在の大宮南林町に家を建てることにした。

その頃、南林町のこのあたりは雑木林だった。一坪三万円で九〇坪、二七〇万円を支払うと、しばらくして、「もっと買ってくれないか、あと九〇坪、買ってくれ」と言ってきた。しかしそんな金もないし、あと三〇坪だけを買い足して一二〇坪にして、買い足した部分はガレージにした。

いまならとてもそんなに買うことはできないだろう。

長男は現在、仙台に住んでいる。京都大学を卒業後、京都大学、東北大学で教授として教鞭《きょうべん》をとり、京大の客員教授を経て、福島県にある文部省の研究所の所長になり、そこも七〇歳で定年した。

長男の妻は私の友人で、名古屋の伸銅商社の娘さんだった。

子ども（孫）が三人（男一人、女二人）おり、男の子は北海道の高校で教師をしている。女の子の一人は鎌倉に住んでおり、夫はオランダの医療機器メーカー日本法人の常務をしている。

次男は京都産業大学を卒業した後、京都黄銅に入社した。人柄的に誰に対しても愛想がよく、商売には向いていたようだ。自分でもあちこちに営業に回り、新しい取引先を開拓してきた。

現在、京都黄銅株式会社の社長をしている。

次男の妻が会社の経理を担当してくれている。次男の妻は現在の自宅を建て替えたときの大工の棟梁の娘さんで、そのことが縁で二人は結婚した。

現在、自宅は、次男夫婦と一緒に暮らしているので、一家三人が家でも職場でも顔を合わせているわけだ。

長男のところの娘、孫がよくわが家に遊びにやって来る。「ここが一番、来やすい」と言って、婿さんと、ひ孫を連れて来てくれる。いまはひ孫が小学校に入ったので夏休みなどの長期休みだけになってしまったが、「ここがいい」、と言って来てくれることは、うれしいことだ。

子どもたちへ、未来へ

妻、子どもたち、孫たち、ひ孫たち。私はいい家族に恵まれたと思っている。子どもたちに対しては、私はあまりこうしろ、ああしろとかいうことは言ったことがない。それぞれの良さを生かして、本人たちが思い描いた、それぞれの人生をのびのびと生きていけば、それでいいと思う。

我々の青春時代には戦争があった。個人では思うようにならなかったことが多い時代だった。

これからの時代は、どんな世の中になるかはわからないが、子や孫やひ孫が暮らす未来は戦争のない平和な世界に、それぞれの夢が実現するように、生きていてほしいなと願う。

こうして九八年間のこれまでの人生を振り返ってみると、つくづく私は運がよかったのだな、と思う。

いろいろなことがあったけど、ここ一番というときに助けてくれる人や助言してくれる人が現れたり、運が背中を押してくれたように思う。

感謝の気持ちで、筆を置きたい。

あとがき

自分の体験を本に書き記そうなど、考えたこともなかったが、経営者仲間で古くからの友人でもある、洞本昌男氏（ふたば書房会長）からのたっての勧めで、「中嶋さんのように、九八歳になって、社会的にも現役で、かつ戦争体験や戦争直後の復興期のことをしっかりと語れる人は、いまの日本には、もう一〇〇人もいないのではないか？」と言われ、それはたしかにそうかもしれない、と思うようになった。

あの戦争の時代、何人かいた軍隊の後輩たちもみな亡くなってすでに久しい。生きていたとしても九〇代後半に差しかかる年齢になっているわけだから、当然かもしれない。

記憶をひも解けば、長い年月で記憶が風化してしまっていることも、まるで昨日のことのように鮮明に覚えていることもあったが、おおむね軍隊入隊までの二〇年間と、軍隊にいた戦争の三年間、そして戦後の七五年間を振り返ることができた。

つたない記録ではあるが、何か後生に生きる人に役に立つことがあるのなら幸いである。

本書を、若くして戦争で亡くなった盟友たちや、戦後、妻をはじめ先に逝ってしまった家族たちに、祈りと共に捧げたい。

令和元年八月一五日

中嶋　俊雄

【著　者】
中嶋俊雄（なかじまとしお）

1921（大正 10）年 5 月 21 日生。
元・海軍技術大尉。
京都黄銅株式会社創業者、
現会長。

装丁：上野かおる
写真：豆塚　猛
聞き書き：根津眞澄

九十八歳 現役会社会長　海軍技術大尉 中嶋俊雄の記録

2019 年 8 月 15 日発行

著　　者　中嶋　俊雄
発 行 者　洞本　昌男
発　　行　ふたば書房
〒 604-8091　京都市中京区下本能寺前町 492-1
ゼスト御池地下街内
TEL 075-223-6300（代表）
制　　作　ブックマイン

ISBN 978-4-89320-187-4 C0090